Perch

鱼卢画

苏善生◎著

目录

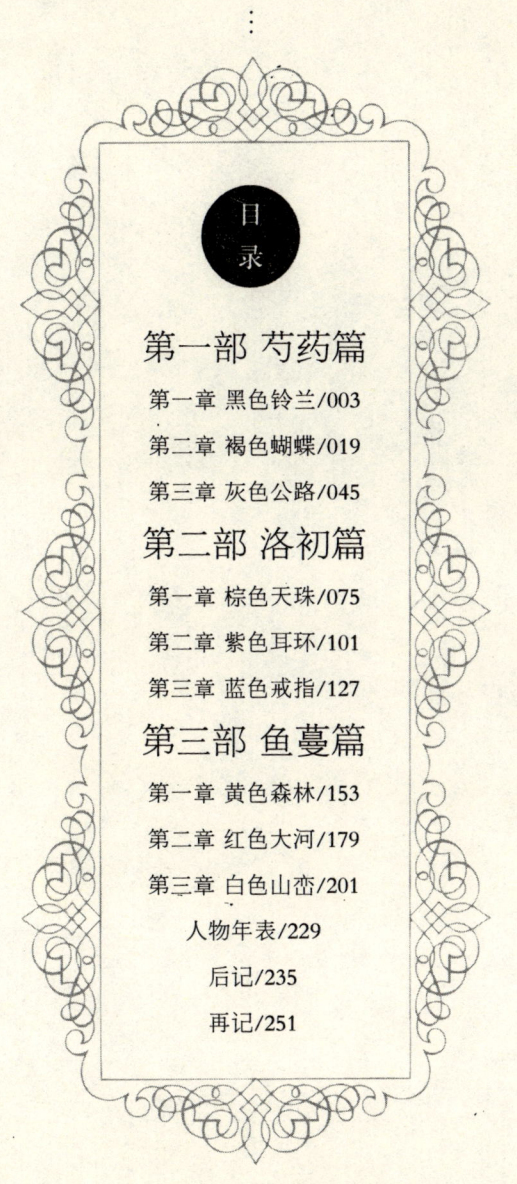

第一部 芍药篇
第一章 黑色铃兰/003
第二章 褐色蝴蝶/019
第三章 灰色公路/045

第二部 洛初篇
第一章 棕色天珠/075
第二章 紫色耳环/101
第三章 蓝色戒指/127

第三部 鱼蔓篇
第一章 黄色森林/153
第二章 红色大河/179
第三章 白色山峦/201

人物年表/229

后记/235

再记/251

芍药

黑色铃兰 \ 褐色蝴蝶 \ 灰色公路

第一章 黑色铃兰

1.遇见我,嫁给我,杀了我

他说,芍药,如果累了,就回来。

我叫芍药。

时间是初冬,天稍稍有点凉气,小小的火车站台,尽现枯黄脉络的梧桐叶子孤寂地飘翻。我穿着一双咖啡色的皮靴使劲地跺着逐渐冰冷的水泥地。左边是一排候车椅,有一对母子。儿子抬起头看天空,天真地问母亲,为什么还没有下雪?声音清脆如竹子轻轻破裂。母亲不回答,只是看向站台口,那里站着一个穿西装的男子。

那个来送我的男人,身影越来越远。

他说,芍药,如果累了,就回来。可是如果我真的累了,怎么还能回来?

拥挤脏乱的火车车厢,我的座位是七号车厢五十六号。我背着一个深蓝色比我还要高的帆布包,找到座位,把包塞到座下。我的眼睛还没有扫清坐在我对面的一个男子,却听到他欣喜地看着我喊我的名字,芍药,巧。

他有一双犀利而又深邃的眼睛,里面透出一股霸气。他看着我,喊我的名字,芍药。

我似乎忘了很多过去的事,我总认为自己已成熟。

我挪动身子,要走。他拉住我说:你别忘了,你说过的,遇见我就嫁给我。

我问他,我说过吗?

我似乎忘了。

我将藏红色的方格子围巾围在大半个脸上,掩住逐渐潮湿的眼睛,假装睡去。明知道那个男人就在离我不远的地方看我,我却无动于衷。**车窗外,大片大片的绿色物体飘然远去,那是年华。**

子夜时,车停下来,是一个小镇,很静。车小停三分钟。我走下来,忽然不再想走,我毅然背起行李包,走出站台。我听到那个男人在我身后跟来,他说:你想走到哪儿?我猛地停下来倚在路旁的墙上说:你是否愿意跟我走?男人说:愿意。

肮脏的小旅馆。一个老太太开的门。男人说:住一宿就走,开个房间。我跟在男人后头,看着他宽阔的后背,心里涌出一股悲凉的幸福。

男人倒头就睡了。我看着他,像看着一个孩子。他枕着一个黑色的皮包，他一直没有离开过这个包。我想，那里面会有什么？这个我已遗忘的男人又来干什么？我的手突然很凉，我看见是床头的一把剪刀。我很随意地拿起剪刀，用力在他胸口的地方插下去。于是我看见猩红的血涌了出来。男人只哼了一声，没有我想象中的挣扎。很好，我站了起来，把沾有这个男人血液的手，在他的身上来回擦了几下，转过身，微微一笑。

镜子里的我如此的美。

我问这个男人，你怎么能睡着呢？难道你不知道你有多少债需要偿还吗？

打开男人的包，整整一皮包的钱。我把包合起来，推开门，离开。

至于这个男人是谁，我暂时不想再提。或者，我暂时需要忘记。

凌晨四点的汽车上，只有三个人：司机，我，一个挺着肚子的女人。她斜倚在肮脏而破旧的汽车座上，似睡却未睡。我看见，有东西打湿了她的双眼。那双眼很是漂亮，但又太抑郁。我坐在车的一角，昂起头，无聊的看车顶。我努力把自己想象成一个孩子。然而，就是这个孩子，三分钟前在陌生的小镇上杀了一个已经忘记叫什么的男人。这很累。看那个女人，为何伤心？其实，在这世上又有什么值得伤心？万事皆为过眼云烟。

夜色总是让人感到焦虑，但我又怕阳光灿烂的时刻忽然到来。我怕躲不开。我是懦弱的，不然我不会离开那个叫临沂的城市，也不会离开一个叫洛初的男人。那年他24岁,我21岁。

在天空开始明朗时,我已决定了自己的方向,云南丽江。

晨曦时分,车抵达一个叫日照的城市,一个美丽的小城。美丽的,在我看来,一切陌生的东西都可以叫做美丽。经过一个便利店,我进去买了新鲜气味的毛巾,六神香皂,青草味的香水,大瓶装佳洁士牙膏,安心纸巾,在车上充饥的方便面,奶酪,香肠火腿及我最爱的沙琪玛,知心瓜子,绿箭口香糖。在皮包市场买了一个最大的帆布包,然后把它们笼统地都倒进去,不分彼此。在科技商场花两万零六百元买了一个SONY的数码摄像机,纽曼的MP3,然后到网吧充电。买了南去的车票,不要目标。最后我来到银行存储剩下的钱,总计一百七十万元整。

车厢依旧肮脏,我仍是挤在一个阴暗的角落里。张开眼,陌生而嘈杂的人群。在我身边的一对情侣紧紧地依偎在一起,无限亲密,如胶似漆。在我身后,是一群少男少女,背着奇异的不伦不类的小包,唧唧喳喳地说个不停,时而大笑。那是一个无忧或不知忧是何物的年龄。我的呢,已逝去或忘记。前方是一个不停咳嗽的老头,颤巍巍地站起来拿车顶上的包,无人去扶,都视而不见。这是一个钱掉在地上却无人去拾的年代,没有人敢拾。我开始闭上眼,想睡去,不再醒来。

不知过了多久,到了何地,醒来。我睁开眼就看见了女人。

她定定地看着我。她走过来,坐在我的身旁,手里拿着一张照片。一个扬着双手的男人,身后是海,无边无际。她说:你杀了他。我看着她,很认真地说:对不起,我忘了。

女人挺着肚子很艰难地闪过拥挤的人群,然后站在我的身旁。我想站起来给她让座,她按住我的肩膀说,不用,我还是站着好些。我坐下来,闭上眼思考这个女人,毫无头绪可言。她是谁?女人似看懂了我的心,她说,我肚子里的这个孩子就是他的。我竭力使自己平静,使自己漠不关心这一切的是非。然而我不能。女人提到一个让我心碎,可能要纠缠我一生的男人。

他叫洛初。

2.你那里下雪了吗

女人说,一切都躲不过命运。

那一年,我爱上了一个叫十五的男人。他路过我的花店,只是路过。他买了一枝白色的玫瑰,然后送给了我。我问他为什么,他说:一路走来,你是第一个让我一眼就心动的女人。

然后他停下来,在我的店里住了七天。最后我有了一种与他相依到老的感觉。我从未有过的感觉。可是七天后,他还是要走,意已决,我无法把他留住。他走时,给我留下钱。他说:你去开一个吉他店,名字叫"你那里下雪了吗"。至于盈利,我们平分。然后他给了我一个农行的账号。我说:可是我不懂乐器。他回过头,说:你会懂的,你还会做得很好。他迈上火车,不曾回头。

以后一年的时间,他杳无音讯,一直到我生日的那天。这一年,白天我专心经营吉他店与鲜花店,夜晚放纵地想他。很多时候,抱着枕头哭泣的我,在夜色里,恐惧、落寞、忧伤、堕落。

十一月八日,我的生日。关上店铺,独自坐在庞大的餐桌前。一个人点上二十四根蜡烛,一个人许愿,一个人吹蜡烛,一个人唱生日歌。接着就哭了。泪落在奶油上,打出一个个小坑。这时他打来电话问我:你那里下雪了吗?他没有提生日的事。我知道他假装不知道。有很多人都想回忆和遗忘某些事,可是他们做不到。安妮宝贝在她小说里写道,爱里面有太多的贪恋胶着,才有离散和不舍。

我听着手机里传来遥远的风雪声,听着啪的电话挂断声。我抓起蛋糕狠命地塞在嘴里。我想知道,思念与爱恨是否能随泪水和食物一起消化。

我等了他一年。这一年,店铺盈利七万余元,我给那个账户打了四万。然而,钱却退了回来,回来的还有一张单子:此账号已不存在,请详查后再打款。

一个人忽然想去做某些事,或许只是因为太寂寞。

我打算去找他。没有太明确的目的,只是凭着感觉信马由缰。可是,你知道吗?我走过七个城市后,彻底失望了。在每一个城市里,都有他的影子,都有一个"你那里下雪了吗"的吉他店。而且每一个店里都坐着一个忧郁的女人,都认识一个叫十五的男人,都在等待那个给予过她们爱的男人的归来。可是她们谁也不知道在远方的城市里,有一个和她们一样的女人。而且不只是一个!

我打算停止这段可笑的感情,回到生我养我的那片土地,安心地找个可以依靠终身的男人,平静地过下去。可是,我说过的,一切都逃不开命运的安排。在回去的火车上,我遇见了一个叫洛初的男人。他一路上与我瞎扯。我忽然就笑了,也是此刻忽然从十五的梦里醒来。我对洛初提起这段感情,他笑着说:你已忘了,不是吗?

如。他喊我如。

他似乎知道我的一切。他说:你叫如。你在青岛有一家吉他店,名字叫你那里下雪了吗,还有一家鲜花店,生意却是越来越不景气。你在找一个男人,你很爱他。然而他却注定了要四处漂泊。你现在很失望。不过你要记住,在这个谎言里,有一半是你的过错。为什么呢?因为你是女人。因为你有过一段刻骨的恋情,最后却无疾而终。你对感情失望,所以和他做爱的时候已经不只是爱情了。

3.沉重的季节,沉暮的荒野,
我轻轻地把你的手放开

我笑,笑容如血色的玫瑰肆意地绽放。

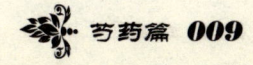

对不起,你叫什么？那个女人问我。

我双手交叉放在右腿上,右腿叠放在左腿上摇晃。芍药。我如实回答。

我也认识十五。我也认识洛初。

他抛弃了你,所以你杀了他。是吗？梅如坐了下来问我。

我笑。我说：不是。杀他,是因为我真正爱的一个男人。十五欺骗了他。十五是他最好的朋友,却在生意上卷走了所有的款项。他现在一无所有。而十五却不应该遇到我。在我离开那个男人的时候,他祝我幸福。我说,我替你挽回一切。那个男人说,你能挽回感情吗？

十五只是我生命中的过客,而他不是。他是我一生要停泊的避风港。

你知道他是谁吗？我问如。

如说：他是谁？

我说：除了对一个女人的感情,他是我所见过最理性的男人。他叫洛初。

梅如愕然。

世界就是如此之小。洛初与十五是最好的朋友,从小一起长大。然而两人的感情世界却有如此大的差异。在他十七岁那年,他们同时爱上一个叫蓝的女子。但是他们谁也没有得到她,一直到今天。洛初依然痴心不改,而十五却开始游戏感情。

就是这样。两人一起经商,结果十五卷款而逃。洛初彻底失望,终日与酒为伴。直到十天前,我对他说:你起来。他站了起来,走向的却是等待蓝的地方。我惊讶他的固执,却无法让他退步。可我知道他的这段感情注定已经失败。

为什么?

因为蓝结了婚,而且她从未对他有过感情。她爱的是十五,一个让每一个女人都痴迷的男人。然而她也没有嫁给十五,她嫁的是一个再普通不过的男人。而那男人就是我介绍的。

梅如再次愕然不语。这一切并不奇怪,你知道我为什么离开洛初吗?因为我爱他,我也知道如果有最后的选择,我是他的唯一。他也别无选择。我就是想用时间来证明一切。我就是太明白了,真正的爱情应该学会分离,真正的爱情不应该走进婚姻。

我问梅如:你能帮我吗?

梅如说:什么?

我要你把这个孩子流了,我要你回到临沂,我要你假装很巧地遇见洛初,然后你把他拉起来。他是一个很好的商人,而你也是。到如今我再也想不到还有谁比你更合适。

可是我先做什么?

你把这张卡拿着,里面有一百七十万元,它就是你的资本。我相信你,就如我相信洛初。

好,我答应你。梅如点头。

这是一个立场坚定、遇事冷静、心思敏捷、极有商业才能的女人。我敢预测,十年后,在整个临沂,没有人会不认识一个叫梅如的女人。

4.其实沙漠的那边还是沙漠

丽江曾经无数次以美丽婀娜的身姿,出现在我的梦中。而当我站在她的大街上时,我又一次失望。似乎每次都是这样,没走过的地方总是那么美,而你走来除了陌生之外,毫无感觉。这就是我,注定也要像十五那样一生漂泊吗?

可是我还是住了下来,大概是因为这里的冬天很少下雪。我永远不会忘记洛初送我时说的话,他祝我在冬天里找到一个温暖的怀抱。我承认我是一个倔犟的孩子。我总认为自己不会长大,所以我天真地固执,可爱地与他对决。没有冬天,哪来温暖的怀抱呢?我想问一问他。

从报纸上找到一家藏饰店要转让的消息,于是根据地址拿着地图,来到一条阳光明媚的大街。不知名字。似乎我对各个地方的路名都很反感,从未想过要去记住它们。就像我的手机号码,到现在我也没能记得。是53-8号,我喜欢的数字。相命人对我说过命数为5或3,尤忌7数。当时我想到的就是王家卫的一部电影《东邪西毒》,其中欧阳锋有句自白叫做尤忌7数。后来欧阳锋又回到了白驼山,因为他的爱情已逝,因为他终于明白了沙漠的那边还是沙漠。

那么我呢？我不知道当我回去的时候,爱情会不会等我。我会不会终于明白在每一个陌生的城市都会寂寞？

店老板是一个中年男人,很热情地接待我。他美丽的妻子给我端上清茶。坐下,然后中年男人说:这店我们夫妻已经经营了四年。现在我们想回西藏,所以要把它转了。

你们是藏族？

我是。我妻子不是,她是土生土长的丽江人。

你们为什么回去？

想家了。

就这么简单？

就这么简单！

他妻子笑着报出了转让价及相关的事宜。

我满口答应。我喜欢藏饰,喜欢它的返璞归真,喜欢它的粗糙,喜欢它的六字真言,喜欢西藏的每一片土地以及热情淳朴的藏族人。

这是一种平淡的生活。一个人坐在柜台上听着清爽的音乐,有淘气的阳光从窗隙跑进来。有我从未见过的如此蓝的天空,如此白的云。这儿并不是很繁华的街道。静静的一条大街,左邻是一家书画社,右边是一家服装店,形式奇异。都是我从未见过的民族衣服,艳而不俗。大朵的手工绣的长舌菊的裙子,紫红色底子绣白兰花的绸子上衣,袖口上有寂寞的铃兰花以及它青翠的叶子绕着整个手臂。这些都是我所喜爱的。对面是一所中学,有欢快的朗诵,有美丽的穿着蓝裙子无袖白上衣的女孩。她们三五成群唧唧喳喳地走过我的门口。还有羞涩的男孩子在校门口的一棵棕树下等待,夕阳斜下,红彤彤的阳光洒向他羞涩的脸庞,更加红润。女孩不久跑来。然后两人离得远远地说话,一前一后的在大街上走。有时会走进我的铺子挑选几样有趣而又有意义的戒指或者项坠。我总是那么热情地招待他们。看着他们就想起一生的美好,想起阳光灿烂的日子。

这是一种再平淡不过的生活。早上太阳升起时开门,日落时关上,然后一个人漫步,找小吃摊,找奇异的服饰。要么就跟左边的大爷学着写毛笔字。**其实幸福就是这样地容易满足,就看你是否能够舍弃太多的欲望。**

可是我还是想起他,然后独自流泪。

深夜我躺在床上使劲蜷缩着身体,这是一个女人孤独的表现。多少次梦见他轻轻地抚摩我,把我的身体轻轻抚得平整。醒来时是一身的虚汗。

经常如此。

5.找一个喜欢的男人,平平淡淡地生活

他叫常生,无常的常。

常是我这儿一条街道上的一个医生。我到这儿的头几天,肚子一直不好,于是常去他那儿,并认识他。我问他,我什么时候才能习惯这儿的水土?常愣着看了我好久,然后他给我讲了一个故事:曾经有一个女人说过和你一样的话。当时我说,等你爱上一个人的时候。她问我,要多久,我说,一秒就够了。我爱上了那个女人。可是等到和她领到结婚证时,却是十年后了。十年前,我是一个刚毕业的穷小子,而她的父母早把她许配给了一个富豪哥儿。她最终和他结了婚,然后离开了这座城市。直到一个月前,我在菜市场遇见她,她领着一个孩子。她问我,可不可以上我家坐坐,我说,我的家一直为你留着。路上,她告诉我和那个男人离了婚。没有原因,就是无法再在一起。我抱着那个女孩,感觉到这是我的女儿,血肉相连。可是就在十天前,我和她领完结婚证回来的路上,她忽然倒在了地上,就像失去了韧劲儿的面条软软地贴着我的身子躺在了地上。

是脑溢血。从倒下到离开我只有七分钟的时间。她只给我留下两句话,第一句:照顾好临临,虽然她不是你的女儿;第二句:常,我这辈子对不住你,下辈子还你。

原来,喜欢一个人的时间是一秒。

真正地爱上她的时间是十年。

而她离开我七分钟就够了。

我在想,我忘记她又需要多久?

我静静地听他说,听一个不算熟悉的男人说他埋在心底的爱情故事。我知道,一个男人是不会轻易说这些的,只有一个原因,那就是面对他认为可以明白他、理解他的男人或女人。而这种人很少。或者就只有我一个。

冥冥中感觉我在走常的路,不归路。

于是经常和他往来,互诉各自的情感世界。我见到了那个女孩,刚刚六岁。在临临的六岁生日那天,我给她夹起一块蛋糕,对她说:临临乖,叫阿姨。常伸出的筷子忽然停了下来,怔怔地看我,再看看欢快的临临,然后平静地对我说:她不会说话,也听不见你在说什么,生下来就是如此。

我愕然。

又一次想到"命运"与"捉弄"两词。

一起爬玉龙雪山,在路上,临临在我们前方像一头可爱欢快的小鹿跑来跑去。我对常说:明天是我的生日,我有一个心愿。常说:你说。我盯着常说:我想做临临的妈妈。常惊讶地看我。我呵呵地笑了,向临临追去。我说:这与一个男人无关!

第二天清晨,天未亮,临临忽然跑来,猛烈地敲我的门。当我起来,她拽着我就跑。我在去常家的路上看到了常躺在街的中央。临临咿咿呀呀地喊着什么,我却一句也没有听懂。救护车开来了,医生扒开常的眼看了看,告诉我,不行了,心肌梗死。

又是一个在我身边的人如此轻易地离去,没有留下一句话,没有人知道他在生命的最后一刻想些什么,想留下些什么。

生命不能承受如此之轻。

葬了常,领着临临给他磕头。我对临临说,以前你有一个和你没有血缘的父亲,以后将有一个和你没有血缘的妈妈,那就是我。临临冷冷地看我。我明白我是一个陌生的人。我不懂她的咿咿呀呀,我不能知道她幼小的心灵里有多少伤害。

就是在常的坟前,我接了三个电话。

第一个是梅如的。她告诉我,她找到了洛初,并以陌生的身份和他亲密接触。事业开始呈上升趋势,她很相信自己的能力。

第二个是洛初的。他的声音很忧郁,告诉我还是无法去喜欢别的女人。有点想我,并认识了一个叫梅如的女富婆。最后对我说:芍药,天使暂时离开,累了就回来。我很想你。

第三个我怎么也没有想到是他的,他是十五,那个被我捅了一刀却出乎意料没有死的十五。他说,如果我死了,你早就入狱了。我有太多的债要还,怎么能死呢?

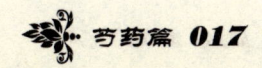

很好笑,我蹲下身子把临临搂在怀里,听她的心跳。我说,临临你看见了吗？有蓝蓝的天,白白的云,青青的草地,有花儿,远处的小溪里有欢快的鱼儿缓缓游啊游啊。还有,临临你看见了吗？有百灵鸟清脆的鸣叫声,有不知名的虫儿在唧唧地叫。

夜幕降临,我还是坐在常的坟前,不知该不该走,头顶有流星迅速划过。

我问临临,我们上哪儿？你想上哪儿？

临临没有回答。

第二章 褐色蝴蝶

1. 亲爱的孩子，
为什么在你的左胸有一个红色的蝴蝶斑

天已微亮。

清凉的露水钻进了我的骨子里。临临安详地躺在我的怀里还没有醒来。我多么希望她什么也不会懂得，一直这样安详地入睡。没有人情的冷暖得失，生活的颠沛流离，以及世间的百般炎凉。我祈求仁慈宽广的上帝只在她的视野里种植纯净的天空，有鲜艳的玫瑰花开满她的整个心房。

一步也不想走，慵懒地坐在常的坟前，坐在湿漉漉的草地上。这是黎明前的最后一刻，如此静，竟能听见青草拔节、花儿呼吸的声音，与临临的呼吸融成这世上最幸福美好的音符。

相信无处不在的上帝一直在聆听吧，相信这片坟地里的每一个阴灵都在这音乐中陶醉。

死了的人们,你们听见了吗?

暗红的圆球在天地相交的远方冉冉升起,有微黄的光线慢慢走过临临娇嫩的颈,小巧白净的下巴,薄薄的、干涩的唇,有点点红色婴儿斑的鼻子,长且乌黑油亮的睫毛,一尺长的枯黄头发。然后最终钻进我冰凉的怀里,最终洒遍这里的每一片土地。

暗红,橙黄,然后金茫茫的一片。

又是一天的开始。

这时候,洛初应该正伸着懒腰,想着今天穿什么牌子的西服,是法国卡特,还是意大利博尔伦或者随便套件广州佛山产的杂牌子休闲上衣。是白色的还是灰色和黑色。穿皮鞋还是运动鞋。然后是早餐,打电话叫送西式的牛奶面包还是中国的传统稀饭、鸡蛋加早茶,或者韩式料理。开始一天的周旋,与官员,与营业员,与南北的客户……

这时候,梅如应该在哪条路上跑步。穿耐克的白色运动装,手里折着一根杨树枝,边跑边想着今天对付哪一个奸商,应付哪一个官员,今天是不是回家看看年迈的母亲。还有洛初那边的房地产合同签署时,是不是过去站个场。还有下午朋友路路昨晚打电话要晚上六点一起喝茶,是不是能抽出空来。

这时候,十五,那个命大的男子呢,在做什么……

临临在我胡思乱想中醒来,睁大眼睛张着嘴默默地看我。啊,然后又是一声啊。这个意思我是明白的。她饿了。我知道临临多么的需要我。我是她的阳光，虽然她不会用我所懂的语言表达。

　　我站起身，右手牵着临临胖乎乎的左手，如此的柔弱无骨滑嫩温馨。她还不会懂得太多东西，相信她长大后将不会记得这一切。我只要让她记得一件事就够了，我是她的亲生母亲。我要带她长大，看着她结婚生子，有深爱她的男子，温暖的家。在院子里种上各种蔬菜，搭葡萄架。种上大丛大丛的玫瑰花，白色，黄色，红色。

　　早起领着孩子跑步，去菜市场买今天的蔬菜、水果、大米、面包、牛奶，与小气节俭的小贩讨价还价。没有大的纷争。丈夫有固定工作，丰厚的收入。不要经商，最好做教师或者公务员，老了有退休金。如果想自己开店，可以卖卖冰淇淋、鲜花，开一家古董店或音像店。或者卖一些奇异的服装。店不要大，赚上吃穿就好。在傍晚一家人开着一辆普通的家庭用车去公园、去郊外、去海边。是的，应该住在一个海边城市，最好去北方的青岛，相信临临一定会喜欢那个古老优美的半岛城市。有海底世界，长长的栈桥，圆顶红砖结构的西方教堂，三四十年代的欧式建筑，弯曲的公路，浓密的法国梧桐，幽深的小巷，有山。

　　这是我给她规划的蓝图。但是因为太美好，所以我没有信心。

　　走下山坡，离开常的坟地，临临不时回头。我不知道她是否在看常，还是看摇曳的酒红色野菊花。

　　搭出租车，司机是纳西人，性格淳朴，言语厚实，问我去哪儿，

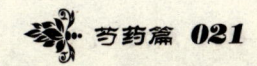

芍药篇 **021**

我说,四方街。临临很喜欢吃那里的过桥米线。临临在车上很是调皮,在后座翻来覆去。我快乐地任她胡闹,心里却酸楚。青年司机乐呵呵地从后视镜看临临,问我,你女儿几岁了?来,喊叔叔。我搂住临临说,她不会说话,生来如此。青年呆了一下,尴尬一笑,不好意思。我笑笑不再回答。不大喜欢和陌生人说话,从常的突然离去,我就忽然不再想说话,有的也只是和临临的"自言自语"。在"老乔记过桥米线"店门口下车。这是丽江的一家老店,有二百多年的历史,全部是木结构的店铺。竹帘。桌椅被擦得锃亮,漆已斑斑驳驳,露出温润的原木色,给人温暖的感觉,可以在天冷时倚靠也不觉得冰凉。

店主有四十岁的年纪,光棍,留着山羊胡子,到颈,颜色灰白,声音沙哑。

两碗米线?是。辣的?一碗辣一碗不辣。

简单的对话。他开始熟练地淘出已煮好的米线,放调料,油干辣椒末,葱花,香菜,肉末,腊肉汁,老的米线汤,放进青瓷碗里。前后不到两分钟。临临坐在我的对面,拿起筷子笨拙地挑起一根根米线放进嘴里,狼吞虎咽吃得很快,小脸瞬间红润。然后抬起头笑着看我,指我的碗,意思是问我怎么不吃啊。我也笑,只是过于勉强,扭头看店主。店主坐在门口抽烟,目光茫然,回过头对临临咧开嘴笑,也是生硬的笑。从来丽江就经常到他这儿来吃一碗米线,然后坐在他的门口,看人来人往。他对我的孤寂早已了然,对我的处世态度似也已习惯。

又有客人来,他站起身相迎。

中午时回到藏饰店,打开厚重的木门,阳光瞬间洒遍整个房间。对过的小学校的下课铃声响起,临临好奇地趴在门口张望。看着一群群学生从门口鱼贯而过。唧唧喳喳不停。有家长在接学生,喊着各自孩子的名字。打开办公桌上的手提电脑,打开我的电脑,E盘,音乐,爱尔兰风笛专集,播放。

第一首是 Down by the sally Gardens,悠扬婉转,瞬间激烈,再走向平淡。

拿起鸡毛掸子漫不经心地挥扫柜台上的尘埃。一天就这样开始,等着微笑的顾客到来,再拿着精心挑选的饰品离开。

晚上用电炉子烧水,给临临洗澡。临临乖乖地站在水盆里。轻轻脱下她的衣服,我忽然愣了。我看见临临的左胸上有一个耀眼的酒红色胎记,清晰的蝴蝶形状,有须,翅膀,身子。头部斜向右上方,须子直伸到锁骨。整个蝴蝶的直径 5 厘米左右,占据了临临的整个左胸,而她的小小的缩在肉里的乳头似是蝴蝶的眼睛。我轻轻揭开自己的上衣,露出我的右乳。我说,临临,你看。我这儿也停留着一只触目惊心的五彩蝴蝶,有须,翅膀,身子。只是头斜向左上,须子也直伸到锁骨。临临伸出手抚摩我的右乳,嘴里咿咿呀呀。我听不懂,但是我浑身颤抖,感觉到有一双我看不见的眼睛在注视着我,

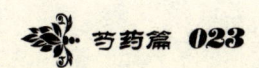

还有临临。死死地注视。

我把临临紧紧地搂进怀里,我的右胸贴着她的左胸,慢慢入睡。

2. 我只是想活下去,其他的都无所谓

第一次梦见我的母亲。这是我离开那个城市之后第一次想起生我的那个女人。

还是十年前的场景,我穿着白色的棉布裙子,光脚,粉色的圆领的确良短袖上衣,在皎洁的月光下的野地里跑,追逐精神失常的她。她披散着头发,向着最亮的星星的方向,口中喊着,芍药,别跑,让妈妈抱抱。我就在她的背后,喊她,妈,我在这儿。她却听不见。仍是跑。我问我的父亲,她为什么听不见我说话。他瞪着我,像要把我吃掉。

你给我滚,别让我见到你这个杂种。

这是一个父亲对他亲生女儿的斥责吗?

我趴在一个墙角呜呜地哭。长长的草叶子划破了我的脸,小腿,胳膊,一切裸露在衣服之外的皮肤。浓密潮湿的头发遮盖着我的脸,我伏在了刺鼻的充满春天新鲜泥土腥味的墙角里,泪打在自己的脚丫上,一片肮脏。

恍惚醒来,枕头上潮湿一片。想起烟草的味道,找了半天,才知已没有。

母亲在我的记忆里也总是抽烟,那是她最快乐的时候。烟雾缭绕中,她脸色更加苍白,眼神迷茫,浑身颤抖不停,微微地闭上眼睛,对蹲在远远的一角的我说,芍药,来。妈妈抱。这时,父亲,那个经常醉酒的男子会红着脸跑过来,满嘴喷着令人作呕的酒气朝她喊,贱人,你别想碰她一下。他把我当作垃圾似的扔在卫生间里,锁上门,然后再出去喝酒,经常一关就是一整夜。儿时最深刻的印象便是经常伏在马桶上入睡。

十六岁那年,我决定离开。邻居有一个叫南的男孩子,大我三岁,他清楚我的一切。他告诉我,跟我走,离开这里。我疑惑地看着他点头。

深夜翻阳台离开,我看到了黑暗夜空中的天使,挥舞着翅膀向我微笑。他拉住我的手,问我想去哪儿?我说,你去哪儿我就去哪儿。我兴奋地离开,身无分文,只带着一张三岁时的照片。我的母亲抱着我坐在一把竹做的椅子上,背景是开得晃眼的芍药花。碗大的花朵,翠绿的叶子,有花瓣落在母亲的怀里。我戴着银镯子的小手轻轻地捏着一片花瓣。我笑得如阳光般灿烂。母亲微翘的嘴角,轻扬的眉头,怜爱的目光是我见过最慈祥的表情。

扒火车。我利索地跳上疾驰的火车车厢,一车的煤。车是去往西安的,一个古老的城市。当然,当时我还不知道目的地在哪儿,等待我的又是什么。我无暇考虑,我只想离开这里。不想被他骂做杂种,不想每天晚上伏在臭烘烘的马桶上睡觉。

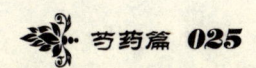

芍药篇 **025**

在半路一个到现在也不知道名字的小镇上被乘警赶下车,被狠狠地踢下,用煤块砸我们。南紧紧拉着我的手瞪视那个比他高两个头的乘警。南恶狠狠地说,我比你高时,一定会杀了你。乘警哈哈大笑,让我们快点滚。漆黑的夜,连一颗星星都看不到。远方有模糊的黑色事物,像随时会吞噬人的怪兽,匍匐在冰冷的地上。时间是刚到春天,风还凛冽,刺骨。我紧紧地缩在南的怀里瑟瑟发抖。南问我,害怕吗?我无助地点头。南说,别怕,我们死不了。总有一天我会让你过得很好。

　　南是我见过性格最坚韧的男子,这与他少年时受的挫折大有关系。八岁那年,父母出车祸双亡,奶奶在乡下无力照顾,将他寄养在一个远房叔父家里。这个叔父收养他,也是因为贪恋他父母遗留下的少许财产。寄人篱下十一年的生活,造就了他的沉默寡言,性格果敢,坚韧不拔。说到的事死也要做到,为了一件自己想做的事,哪怕连命也可以放在第二位。初中毕业叔父便不再供他上学。虽然他品学兼优,在整个班级经常名列第一。叔父还是把他送进一家生产木板的私人企业,一个月可以赚三百元钱,叔父全部没收。南告诉我,他挣的钱大都给他叔父的小儿子买了玩具。小孩子玩够了就接着踩碎,每踩碎一个,我的心就跟着碎一次。我一定要走。这样用了三年的时间偷偷攒下一千元钱,决定离开,并带上了我。

　　芍药,知道为什么你父亲总是喝酒,你母亲会精神失常吗?
　　不知道。

因为你是你母亲和另一个男人的孩子。而那个男人是你父亲的父亲。

是吗?

是。

他告诉你的?

是我听说的,全楼的人都知道,只有你一个人蒙在鼓里。

我不觉得奇怪,一点也不。一切都有原因,《圣经》中的日光之下,并无新事,我十六岁时就已懂得。我要生存,活下去是我当时唯一的目的,其他的都无所谓。

在一个避风的柴草垛里互相抱在一起,蜷缩着身子抵御外来的寒冷,内心却温暖如春。梦见阳光,梦见远方绿树葱郁。

天亮时醒来,南说,我们应该去大的城市,那样我们才有生存下去的机会。我还是点头。

还要扒火车吗?

是。

我们在到西安前,不能花一分钱。

可是我很饿。

坚持一下,很快就会到的。南说。

3. 西安是一个外表粗犷豪放，
　　内里温暖细腻的城市

　　临临耍累了停下来时，总是趴在门口，看对面的小学校。有背着书包的小学生出来，她就嗷嗷啊啊地叫，然后回头再指着外边让我看。我会心地一笑。她看得聚精会神，连我拉她吃饭都毫不理睬。旁边书画社的大爷过来看到说，临这娃是不是想上学了啊。我恍然大悟。临临六岁了，是该上学了。

　　吃完中饭，我领着临临到学校的办公室。一个戴眼镜的中年女子接待了我们，很是热情。询问完我的要求，她说，好，她随时都可以过来。可以进行特殊的聋哑教育。我欣喜得想道谢，满脸兴奋却说不出话来。走时中年女子忽然说，把户口本带过来啊。我一下子停住脚步，我说，没有。

　　为什么？

　　她不是我的孩子。她的母亲死了，她母亲的朋友，也就是我的朋友，也死了。他死时维托我照顾这个孩子。

　　那她父亲呢？

　　临临的父亲是谁，在哪里，我只听常说过一次。是在西安，长安大厦十一楼国际外贸公司的老总，叫林。却没有留下电话。

　　我说，她父亲必须要过来吗？

是,还有户口问题,外来人口借读问题。

离开学校,我打算去趟西安。那是隐藏我少年情结的一个城市,我曾在那里开始自由地飞翔。住过老严路的桥洞,吃过北区铁路运输学校对过儿的小吃摊,有香甜的粑粑、酒气冲天的醪糟稀饭,在一家私人小饭店端过盘子,在街头擦过鞋。后来,南在西阳路233号的左岸酒吧调酒,一直到今天成了那个酒吧的老板。听说现在有一对两岁的龙凤胎。我最后,也是干得最长的工作是在秦始皇兵马俑做了三年的导游。直到认识十五,再爱上洛初。然后离开西安,离开南,跟着洛初到了山东一个叫临沂的商品批发城,很杂乱,熙熙攘攘的城市。再后来又遇见十五来到丽江。想起来我每走一步都是跟在一个男人的背后。

一个很可笑的游戏,被我翻来覆去地玩,还是在打转,没有出来。

下午两点,收拾好店里的一切,便抱着临临去丽江的汽车站,转车到大理。然后乘第二天凌晨三点的航班飞往西安。这是我第一次真正地为我的女儿做事,刻不容缓。临临在我的肩头入睡,像温顺的小羔羊,坐到汽车上还没有醒来。一摸她的额头却异常地滚烫。我喊"临临",临临啊啊两声。我打开大的行李包,翻了半天也没有找到退烧的药。怎么说我还是没有带过孩子,怎么没有想到孩子在旅途中是容易生病的呢。我重重地扇了自己的脑袋一下,然后满车子精神失常似的借退烧药。最后坐在角落里的一个老太太说,姑

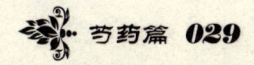

娘,我这儿有。并给我递过两包冲水服用的儿童感冒冲剂——再林。我低头接过连连道谢,再手忙脚乱地找开水冲调。老太太过来帮忙,说,姑娘,一看你就没有带过孩子,是你侄女还是外甥女?我满脸都是汗水,勉强一笑没有答复。晚上八点到的大理机场,在候机大厅坐下来,我才感到浑身都已湿透。摸摸临临的额头,烧已退了下去。长长地吁出一口气,瘫坐在浅蓝色的塑料靠背椅上。给临临喂了一包热牛奶,自己去公用饮水机打热水泡了一碗桶面。还未吃完,已抱着临临沉沉睡去。

十一点醒来,航班的空姐已经开始招呼乘客登机。拿着买好的票过检验站时,临临醒了,摇着手腕上的银铃铛,呵呵地笑,检查人员会心地一笑,在临临腮上亲了一口。是一个二十二三岁的女孩,单眼皮丹凤眼,脸上有点点的雀斑。女孩看着临临嘻嘻地笑,说妹妹乖,喊姐姐,姐姐就再亲你一下。临临还是笑,咯咯地笑。我不解释,已经习惯这些语言。登上机,找到座位,系好保险带,又要了白开水冲了一包再林,给临临喝下去。拍拍临临的头说,临临乖,睡吧,明天可以看见爸爸了。喊我声"妈妈"好吗?

飞机平滑上升,感觉是人生的一次升华。每次坐飞机都有这种感觉。漆黑的夜,有机玻璃窗外一片黑暗,看不见一切。却能听到黑暗中的云朵被撕裂时因剧烈疼痛而嘶叫的吼声,凄厉而绝望。

在凌晨一点的时候,到达西安机场,我抱着临临走出来,自然无人来接,此时我也无处可去,机场人员安排我在一休息厅内坐下,她说要清晨5点以后才有去市里的公车。

西安是一个外表粗犷豪放,内里温暖细腻的城市。春天的阳光,透过绿色的树叶,像水一样地倾泻下来。车来车往人潮汹涌,西安的公车是我走过的所有城市中最不守时却最守秩序的一个。

坐清晨7点30分的公车到长安国际大厦下车。我抱着临临站在16层大厦的门口,穿着去年洛初买的真维斯牛仔裤,班尼路的灰色白格子毛衣,到小膝的绛紫色呢子风衣,穿安踏的运动鞋。临临裹在一件金黄色的薄袄里,立领,红色的玫瑰花缠绕着两个袖口,胸前是大片的绿油油的玫瑰叶子,穿红色小皮鞋,系带,双手不停撕扯我的头发,还有银耳环。

我就要见到临临的父亲,那个叫林的男子了。

4. 新鲜芳香的血液瞬间迸发,烙成青春的印痕

二〇〇三年的初春,西安临潼,我第一次遇见洛初。那天他穿着一件黑色的爱博尔羽绒服,条绒的灰色西裤,平头,头发短而硬地挺立着,戴着耳麦,手里拿着一本《西安旅游指南》,站在秦始皇兵马俑博物馆的门口四处张望。临潼刚下完雪,天还阴沉尚未放晴,地上一片一片斑驳的雪迹。雪飘悠悠地下了两天,因为天气不冷随下随化,所以看不见大雪漫漫一地的美景。

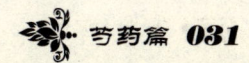

他从离这里两千多里地的城市赶来接我回家。

在门口给我打电话,喂,芍药吗,你在哪？我到了,就在门口。

我就在他的背后,笑嘻嘻地接他的电话。我说,你转过身,哪个女孩笑得最灿烂哪个就是我。

他转过身,锃亮的皮鞋在转弯时沾上了脏污的雪块。他看见了我,却不走过来,而是在兜里抽出一张散发薰衣草清香的纸巾,细心擦拭自己的皮鞋。他蹲在雪地上抬头对我说,丫头,你给我过来。

后来我才知道这是我所见到对自己最细腻的男子,且英俊洒脱,带着浓浓的文人气息。这时他在那个小城开一家广告公司。业务范围包括大到城市的广告标志牌、城市媒体宣传、大型企业策划,小到大街小巷的店铺户外广告牌、灯箱、条幅、宣传画。

他来替十五接我回那个小城。

二〇〇三年二月,十五来这里,我做他的导游。他是那种很会哄女孩子的男人,谈小资的爱情,高晓松的青春,王菲的流行音乐,王家卫的电影,安妮宝贝的文字。旅游完,十五说,这是什么景区来着？我回过神来,然后他猛地抱起我大笑。

他要走时问我,跟我回家。我说好。

他住在一家四星级的酒店里。打开房间,他猛地把我扔在宽大的双人床上,粗暴地剥下我的衣服,趴在我的身上细细地舔食。我们很自然地做爱。灯光摇曳，墙上映出剧烈晃动的影子。那个我刚刚认识的男人死命地吸食我双乳间的汗水。

我多年以后，一直记得当时放的音乐是诺拉·琼斯的 *NEW YORK CITY*，悠扬婉转，瞬间激烈，再渐渐走向平淡。

后来十五离开，在车站上说，等我忙完那边，我就回来找你。等我。

我笑笑不说话，轻轻舔着唇上紫红的唇膏，用手轻抚刚描的深蓝色眼影。这些至少是可以感觉到的，现实的。

自从与南来到这个城市已有四年，已经历过些许人事，不再相信太多的事和男人的诺言。

打过一次电话，我告诉他，我怀了你的孩子，打算打掉。十五惶恐地阻止，千万别，我去接你回家好吗？

没有想到是一个陌生的男子来接我的。

他告诉我，十五有些事过不来，我是和他一起长大的朋友，我来替他接你回家。

这时，我肚子里的孩子刚刚一个月，应该还没有成形，只是一团血肉模糊的东西。

南不适合做我的男人。我向往自由地高飞，没有任何约束。

十七岁的生日，我把自己的青春交给这个带我离开苦海的男人，算是一种报答。我告诉南，我们不属于一个世界。我们可以做爱，但是不会相爱，也不会永远在一起。我和你在一起是为了生存。

因为我们都没有固定的居所,两个漂泊的人应该在寒冷的夜晚互相依靠来取暖。等你找到了固定的工作,我就要离开你。我骨子里有种漂泊的意识,我无法改变。

二〇〇一年春天,南开始在左岸酒吧做调酒师,收入足够他以后生活。我另外租了房子,便很少再和他联系。我们在一起是缘分,我们要离开是命中注定。你应该有一个深爱你的女人,不是我。

时常梦见我十七岁生日的那个夜晚。两个还略显天真的男孩女孩,赤裸着身子在旧木床上笨拙地移动。他的手盖在她尚未发育成熟的小乳房上。他问她,疼吗?她摇头,头发散落倒映在斑驳的墙面上。

新鲜芳香的血液瞬间迸发,洒在绿色图案的床单上,点点滴滴的青春印痕。女孩苍白的双手捂着自己潮湿的眼睛,使出浑身的力气喊道,疼。

5.父爱透过绿色的树叶,
　　像水一样地倾泻下来

临临是熟悉这里的,欢快得像只蝴蝶围着我的身子转悠。她拽着我走进大厅,右拐是电梯入口。

按开启,十一楼,关闭。临临咿咿呀呀地朝我喊。是到家了的意思,对吗?我的小宝贝。

精装的走廊，雪白的乳胶漆墙面，暗红色的原木地板打着亮蜡。临临歪歪斜斜地在上面溜跑，时刻要摔倒的样子，却一点也不害怕，还时不时回头朝我微笑。显然她早已习惯，这忽然摔倒的刺激感觉。在1106房间门口停下，是枣红色的木门，立体凹槽几何花纹的门边，不锈钢的长方形手柄式开关。临临指指门，示意让我来敲门。想来这也是那个女子经常的动作。

叩击厚重的木门，发出沉闷的"咚咚"声。

谁？是一个女子的声音，清脆悦耳。

我却不知该如何回答，我和门后这个叫林的男子毫无关系。我找林。

他不在，你下午再过来吧。语气有逐客的意思。

我大声地说，你告诉他，他的女儿来了，有要紧的事。门咣的一声打开。我看见一个穿咖啡色短裙套装的女子站在一侧，一脸疑惑地看着我。临临却早已跑到女子的跟前，咿呀地叫。女子抱起她，亲吻她的眉毛，然后把我让进屋。三百多平方米的办公室，雪白的墙壁，东面是落地玻璃窗，可以远望大半个西安城，北边是办公桌，上面一台手提电脑，几本书，叠放整齐的文件稿，后面是木板装饰墙面，大书架，满满的书，造型古老的古董架，有玉器，瓷器，根雕。最后目光在南墙上停住，那儿挂着一幅字，狂草，是岳飞的《满江红》。整篇结构严谨，龙飞凤舞，苍劲有力，一眼就可以看出是出自名家。在西南角是一扇门，应该是秘书的办公室。

那个女子放下临临,让我坐在一旁的沙发上,沏上茶水。我是林的秘书,叫乐芸,你好。

我伸出手与她相握。这是一个感觉干净,说话简洁的女子,我喜欢的那种职业女性。

乐芸告诉我林去开一个关于服装进出口的贸易会议,大约得一小时后才能回来,而且应该推掉酒席。

然后她拨通林的电话。林总,有位女士过来找你。还有临临。

电话里传来一个浑厚的男中音。我马上回去。

会开完了吗?

没有。回去再说。

我相信这是一个慈祥的父亲,他无比爱恋他的女儿。

见到林。是我想象中的男子,干净简洁。短发,绿莹的下巴,眼神有力。名贵的灰色竖纹绒毛西装,乳白色格子衬衫,深蓝色格子领带,系带的皮鞋。用青草味道的古龙香水,夹杂高档烟草的气味。

用力握我的手,诚实稳重,给人安全的感觉。我简单介绍我的来历,然后告诉他,临临的母亲死于脑溢血,死时表情很安详,没有痛苦,只有7分钟的过程。林把临临紧紧抱在怀里,听到临临母亲的死讯时,目光一下子暗淡了。

我一直相信,人的眼睛是最诚实的器官,它绝不会欺骗观众。我看得出他痛苦地爱着自己的女人,那个女人却从来没有爱过他。这是一个多么可怜的男子,爱人离开他,连孩子也要带走。我忽然很同情他,并有点憎恨常与临临母亲的感情。

这是一段孽缘,主要情节已经落幕。是放完的烟花,落下了一地冰冷的尘埃,临临和林或者连我都可能是其中的一粒。

我说,常托付我照顾临临,我已经答应。我想送她去上学,却没有她的户口。我想请你去一趟。

林说,你说我还会让临临离开吗?

我说,我不管,我答应了别人就一定要做到。

气氛变得很尴尬。其实我早就已经料到。我要带走临临,我要看着她长大。虽然残忍,却必须如此,只因为我想做一个孩子的妈妈。

我对林说出这以上的一切,并告诉他我有足够的能力抚养她长大。她已经习惯我的怀抱,习惯我给她煮牛奶。你有太多业务,你无暇照顾她。还有因为你毕竟是一个男人,照顾孩子不如我。因为我曾经有过一个孩子,虽然没有长大。

林总算妥协。有温热的液体滑落在临临的脸上,临临伸出手抚摩她父亲的眼睛。

乐芸打破僵局,说,中午了,一起吃饭吧。

去的是一家普通饭馆。炒的都是家常菜,有临临爱吃的红烧鱼,竹笋炒肉,水果沙拉,煎得焦黄的牛排,茶菇炖鸽,最后一道菜林说是专门给我做的,也是这里的特色菜,叫**菊花鲈鱼**。

我问他,什么意思?

林狡黠一笑,给我卖了一个关子。以后你自会明白。

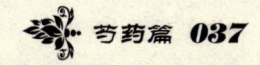

吃完饭时,林问我要不要逛一逛,看看西安的名胜。我坚定地摇头。我在这里待了四年隐藏了我太多的东西。我是一个怀旧的人,却不想看到让我痛苦的旧事物。如果不是因为临临,我发誓再也不来这里。我没有告诉林我曾在这里生活过,感觉没有必要。

我笑着对他说,累了。我想回去睡一觉,明天咱们就走好吗?

林点头。

回去的路上我进超市买了一条520的香烟。我对林说,在丽江买不到它。这是我一直抽的一种牌子。在西安抽了两年,在临沂一年,然后就再也没有买到。这次经过我经常去的这个超市,看到它,心里很是欢喜。我已经渐渐地懂得知足,一包喜爱的烟就可以让我高兴好一阵子。

临临趴在林的怀里睡了,嗅着混杂烟草味道还有男人身上荷尔蒙的味道进入梦乡。我想知道,十几年后她还会不会记得这些味道。

临临,我爱你。林说。

6. 生命是一场幻觉

和洛初坐火车回去。一路偎在他肩上,时而睡去,时而在迷糊中醒来,抬头看窗外黑色的事物迅疾地倒流,然后再睡去。蒙眬中感觉他轻轻把我揽进怀里,轻轻地亲我的眼睛,模糊地听见他的自言自语。

十五,你在哪里?

在连云港市下的火车,是凌晨一点,天开始下雪。洛初拎着我的行李包,我偎着他,没有说话。寂静的公路上只有我们两个人在行走。

路过几个亮着灯的旅馆,两个人都没有进去的意思。

我终于开口,我说,洛初,告诉我真实的事,十五为什么不来。

洛初使劲搂紧我的肩膀说,芍药,没有什么,你别多想。

我猛地挣开他的怀抱。我把行李包凶猛地抢过来,把里面的衣服书籍一件件地翻出来扔到雪白的地上。

我沙哑着嗓子朝这个男人吼,你们他妈的都不是东西。你们都是骗子。我告诉你们,我和他上床,只是因为我寂寞,因为我想要个男人。你以为我会爱他吗?傻子才会。

我在雪地上踉跄着打转,把鞋子甩在一边,风衣上沾满了泥水。

洛初静静地看着我的一切动作,无动于衷。我嗷嗷大叫,寂寥的天空被苍凉的嘶叫划破。大雪纷飞,一个精神失常的女子在一个陌生的城市里,一条空旷的大街上,一个下着大雪的夜晚,放肆地哭喊。我胸腔里塞满了多达二十年的郁闷、悲伤、寂寞、厌世,统统在这里释放出来。只有一个观众,冷冷地站在雪地里看我自导自演的电影。背景是茫茫的雪,钢筋混凝土构成的冰冷城市。主角是一个只见过一面的男子。

我终于累了,瘫坐在雪地上。

他走过来,轻轻挽住我的腰,把我抱起,走进路边一家工商银

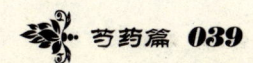

行 ATM 自动取款机的玻璃厅里。他用手掸去我身上的雪花,头发已潮湿。他把温热的嘴唇放在上面舔吸,一路下滑,我的耳朵,眼睛,鼻子,最后在冰凉的唇上停住,用力亲吻。

我的泪水流进他的嘴里。他说,亲爱的孩子,别哭。这个世界上不是还有我吗?

我狠狠地咬他的肩,我问他,你知道我的过去吗?你知道我以前过着什么样的日子吗?你知道我为什么离开家乡吗?你看见我右乳上的蝴蝶文身了吗?你又知道我自杀过多少次吗?我捋起袖子让他看我手腕上触目惊心的伤疤,一道叠着一道,互相交错。

洛初抱紧我,说,我不知道你的一切。我只是要告诉你,十五不知所终,他突然就卷了我的款跑了,我的公司现在面临破产,但是我来找你,不是要告诉你这一切。

芍药,不要再折磨自己好吗?一切都是无用的挣扎。有一本书里说,生命是一场幻觉。

是的,芍药,你听话,你要记住,生命是一场幻觉。

我说,是,生命是一场幻觉。

回去坐的是汽车,有三个小时的行程。洛初说,十五有自己的苦衷,哪怕他让我替他去死也愿意,何况只是骗取我的身外之物。

为什么?

因为他替我死过一次,我是不喜欢欠别人情的人。

7.我说,初,这是我给你的生日礼物

　　林和我们一起来到丽江,办理一切入学手续,并坚持交上了五年的学费,还给临临买下一大堆的食品、玩具等,塞满了我的整个小屋。

　　临临如愿以偿地进入了那所学校。

　　我对林说,你做的已足够,不要有愧意。就算有也应该是我,我抢了你的孩子,你满可以通过法律获得你应得的。但是你没有。你是多么优秀的男子,我后悔遇见你太晚。

　　林呵呵地笑。临上车的时候忽然又下来问我,你知道临临的左胸上有一个蝴蝶胎记吗?

　　我说,我知道,怎么了?

　　林说,他母亲离开我之前,临临身上并没有这个胎记。

　　我说,什么意思?

　　林说,在藏族喇嘛的意念里,叫蝶祭。究竟什么意思,我也不甚明白。但是我想你有空应该去一趟拉萨,找那儿的活佛指点迷津。

　　我说,很重要吗?

　　林说,是的,很重要。因为我是藏族人。

　　我回想起认识常是在两个月前,常见到临临的母亲是三个月前。今天是一月四日,也就是说临临离开西安的那天是十月四日。

　　而我正是在十月四日离开的洛初,还有那个小城。越想越觉得

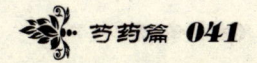

蹊跷。却又说不出所以然来。这究竟代表什么？是巧合还是冥冥中有一双我们所看不见的眼睛在操纵着这一切？

为什么呢？

我离开洛初时，也在说着这句话。

与他回到他所在的那个城市，洛初的公司因无力支付高额的贷款，宣布破产。我站在他的身旁，潸然落泪，这个男人却嬉笑自如。

慢慢地我又知道他和十五一直在爱着一个叫蓝的女子，但是她却谁也不爱。

洛初坚持等待，明知没有结果。他说，这是一个残酷的游戏，就看谁能坚持到最后。我在他一个朋友的生日宴会上骂他，你是一个比猪还要蠢的家伙。他呵呵地笑，说，生命是一场幻觉。

十五不见了踪影，洛初整天跑到一座桥上独自等待。

我终于明白，洛初也不爱我，他爱的是他的坚持。他自己设的一个游戏。

在昏黄的路灯下，我指着他的鼻子，你他妈的为什么不抱抱我？

洛初说，让我照顾你，可以一辈子照顾你，但是我们不能相爱，甚至不能拥抱。我心里只有一个女子，叫蓝。

原来，这里还是不适合我，当这个男人在雪里抱着我亲吻我时，我以为他会爱上我。原来不是，他只是要照顾我。

呵呵，生命是一场幻觉。可是我不会再割腕，我再也不会摧毁自己，我要好好地活。

我还是要离开,因为我要遗忘这个我刚刚爱上的男子。

十月四日,他的生日,我用力地捶打肚子里那个已经八个月大的幼小脆弱的肉体。

洛初惊恐地看着我,想来阻止,已晚。

我欣喜地看到了新鲜芳香的血液从我的下体里汹涌流出。

我说,初,这是我给你的生日礼物。

第三章 灰色公路

1. 想你的时候,抬头微笑,你知道不知道

丽江的春天是多雨的季节,连着十几天缠绵不休。林来的那天却出奇的晴朗,天空中没有一丝云彩。

中午时候,还在沥沥下着毛毛雨,我在看一本安妮宝贝的书。想起二十岁以前看金庸的武侠,看得茶饭不思;看亦舒的爱情也会潸然落泪;可是自从认识洛初,却只看安妮宝贝的书了。还有在睡觉的时候倚在床上读一段《圣经》,这些都已养成了习惯。一个人时,阳光充沛时,大雪纷飞时,阴雨连绵时,总会泡上一杯绿茶,看茶叶在水中旋转的样子,直至静止不动。然后捧起安妮宝贝的书来,细细地读她的文字,是阴郁的,黑暗的,残酷的。

"在安妮宝贝的文字中,充斥着网络、地铁、白棉布裙子、细格子衬衣、清脆地敲击着水泥地面的高跟鞋……还有安、薇、乔、林这

些故事的主角。在《七年》中，所谓的城市爱情，不似琼瑶的缠绵悱恻，却真实地反映了现实城市中冷漠的爱情。在爱情的世界里，充斥着做爱后的汗水和 CD 香水浑浊的气息。像她自己所言就爱过，伤害过，然后可以离别和遗忘。

"看过她的文字的人都知道，在她的作品中的人物多为灵魂飘荡者，外表冷漠，内心狂野，隐忍着叛逆的激情。有沉沦的放纵，也有挣扎的痛苦。相同的是都受到焦灼和空虚感的驱使，从而一再踏上孤独的路途。"

这是一个文友眼中安妮宝贝的文字，很符合我的心意。

安妮宝贝的文字是扭曲的、冰冷的、压抑的、残缺不全的砖头架构起来的城堡。看她小说的人都在孤独或者已经经历太多感伤。无法释怀的爱情，亲情，人世间的一切感情，统统地残忍地粉碎。

看《圣经》中的箴言，说服自己改变对这个世界的看法。然后感到无比困难，只好把大脑逐渐催眠，昏昏睡去。

把临临领到学校教室的门口，带有甜美笑容的年轻女老师在我手里接过她，她打着手势向我再见。

看书看得眼花缭乱时，站起来走到书桌前，铺开一张毛边宣纸。把毛笔用热水泡开，照颜真卿的颜勤礼碑帖练习书法。很喜欢颜体，浑厚沉重，圆润流畅，端庄又不失洒脱豪放。这是我心目中男人的优点。我把对他的爱放在了宣纸上，也算是一种心灵的解脱。

书画社的大爷经常过来指点。这是一个淳朴敦厚的老人，书法也如其人，喜欢大隶，有沧桑的感觉。他站在一旁看我写字，告诉我哪一笔要有力，哪一回折可以放松；手握笔的姿势，腰身、胸膛、头颈的姿态等。都是简单的基础，却是他写了几十年的心得。我无比欣喜地听着。空气里弥漫的还是爱尔兰的轻音乐，清凉的风笛。

有时会偶尔听听王菲的歌，《蝴蝶》《乘客》《四月雪》都很喜欢。这是一个妖娆精灵般的女子，会自由控制自己的音色，或者是会很好地生活。

已经不喜欢看电影。老谋子的《英雄》快要公映，媒体上炒得沸沸扬扬，却感觉有太多的做作，毕竟是大投资的商业电影。倒喜欢两部电影，但内容、风格都截然不同。一部是中国王家卫的《东邪西毒》，是武侠片；另一部是日本岩井俊二的成名作《情书》，唯美晦涩的爱情，有我喜欢的白茫茫大雪的镜头，异常干净。

撑着一把白色碎花的雨伞在五花石子街上漫步，轻轻地抬头，对着阴沉的天空微笑。在寂静的时候想一个人，不知他是否能够感觉得到。

洛初自从给我打了那个电话，便一直没有音讯，倒是如和十五常给我打来。如给我开女人的玩笑，问我做母亲的感觉，说要学习；十五说有可能回去，却还是不告诉我当初为什么要无情、卑鄙地卷走洛初的所有钱。他说，以后你自会明白。

一直下雨，一直地这样生活，死一般地平静。但我总感觉不会

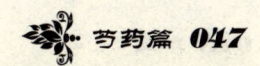

这样平静下去。

是林的电话。他说,这两天比较轻松,想来看望女儿。还有问我需要点什么,给我买了送过来。

我说,你给我买一个砚台吧。你看着买就行,你喜欢的就好。林在电话的那头欣然答应,说明天准到。

林站在我面前的时候,雨忽然停了,阳光透露出来,洒在湿漉漉的石头街道上。他站在我的店门口,有阳光般灿烂的笑容。微笑的样子很像大陆演员刘烨,好像是拿过金鸡奖的影帝。

进屋,坐下。临临还没有放学。在包里拿出给我买的砚台。黑色,鱼形,鱼肚子挖空。鱼尾上有精致的长舌菊花的浮雕。林说,这砚台的名字叫菊花鲈鱼。

我想起林特意给我点的那道菜也是菊花鲈鱼。

什么意思?

还不到时候。时间到了,你自会明白。林歪着头回答。

临临回来像小鸟一样扑到林的怀里,打着爸爸的手势。林热烈地亲吻着小天使的羽毛,然后欣喜落泪。

我站在一侧,看屋外开始逐渐耀眼的光芒。

林说,我还是舍不下她。我说,当然。你是她的父亲。

林说,我还是想把她留在我的身边。

我说,可是我不能离开临临。

这个可爱的男人又歪起头,闭着眼想了半天,才看着我说,或

者可以把你也留在我的身边。

2.我安排了命运,是我爱他们的结果

　　二十岁以前不相信这个世界上还会有痴情的人。可是老天要我遇见洛初,让我知道世上还有这样的人,对一个不爱他的女人的感情如此固执到不可理喻,而对其他所有的事却淡然处之。

　　和洛初一起待了八个月,二百四十一天。自从在连云港那个雪夜的激烈拥抱亲吻后,他再也没有亲吻过我,甚至一个象征性的拥抱都没有,却经常把我带在他的身边,寸步不离。吃一起,住在他的隔壁,深夜可以听得见他的梦呓。最常听到也是说得最清晰的是那个女人的名字,蓝。

　　他说,他要照顾我,不会爱上我。我说,夜太长太冷,你可以把我抱在你的怀里,天亮时可以随时离开。他坏坏地笑,扬起浓重的眉毛,说,我再也不会游戏感情,我只抱我爱的人。可是她不让我拥抱,她经常缩在别人的怀里,像小猫一样温驯。

　　我十七岁时开始喜欢她,现在已经七年,我已不能全身而退。她扎着羊角辫,穿白色的衬衫,黑色的底子带白色格子的裙子,系带凉鞋。我拉着她的手在时光的水面上奔跑,呼啸的大风让我窒息,波光粼粼的水面上有我们的倒影。我说,蓝,我喜欢你。蓝天真地说,那你要有好多好多的钱,我们有水晶宫的房子,有漂亮的马

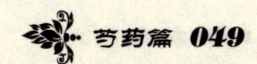

车,有可爱的小佣人,机器人,有可以压死我的玫瑰花。

我说好,一切都会有。

现在已经接近七年,我还是一无所有。蓝说,我并不是在乎你一无所有,只是无法勉强自己去喜欢一个自己不爱的人。虽然你曾经牵着我的手奔跑,虽然你在我天热的时候给我买过三毛钱一杯的西瓜汁。

那你喜欢什么样的男人?

这是我问蓝的话。从洛初的口里认识这个女子,好奇是什么样的女人可以让我爱的男人迷恋。

在一家酒吧遇见她。炎热的午夜,是解放路中段的 Blue 酒吧。她在那里唱歌,每晚上可以赚一百多元钱。我在拥挤的人群里叫她的名字,蓝,我想和你聊聊。

可以。她是喜欢陌生的那种女人,这一点和我相似,而洛初却厌恶这些。

坐在我的面前,这是一个散漫的女子。和洛初七年前认识的那个女孩截然不同,涂着厚厚的廉价胭脂,戴着大大的圆耳环,海藻般烫得卷曲的长发,穿黑色露脐上衣,坠着18k铂金项链,也是真维斯牌的牛仔裤,赤着脚穿黑色凉鞋,艳红的唇膏,紫色眼影,双眼皮,眯着眼睛,神情慵懒,抽男式香烟,是我没有见过的白将军牌,烟味刚烈,喝一杯金奖白兰地。

我说,我是洛初的朋友,来看看你。想知道他为什么能喜欢你七年。

　　蓝听到我提到洛初呵呵地笑。这真是一个天真的男人。只因为七年前我说我想永远和他在一起,他就相信爱会是一辈子。

　　我说,你在欺骗他吗?

　　蓝熟练地吐出一个个烟圈,问我是否介意烟的味道。我笑着摇头。她说,你以为他会喜欢现在的我吗?不会。我在他的心中是七年前扎羊角辫的样子,而不是现在为生活浓妆艳抹,深情地唱歌。你看看这些涌动的人们有谁会认真地听。他们喜欢的是我在他们的面前一件件脱掉衣服,露出赤裸的肉体,他们才会呐喊呼叫,向我扔燃着的烟头,吃过的橘子。可我喜欢这样。

　　生之繁华,直至荒芜。这是安妮的话,我很喜欢。

　　你看,我值得洛初喜欢吗,我还能做他的新娘吗?我也想穿长长的白色婚纱,坠着大颗的钻石,蕾丝花边。一个隆重的婚礼,在一个古老的教堂里举行,有威严的神父。那么多的亲朋好友围着我们,满屋子的玫瑰花,花香浓烈得让我窒息。神父问我,你爱他吗?爱。然后他俯下身亲吻我的眉毛。

　　生命如此脆弱且残酷。

　　那你喜欢什么样的男人?我问她。

　　她说,做调酒师的男人。身上时常散发鸡尾酒的味道,随意,有固定的居所,爱我。就这么简单。她说着指指吧台上的一个长发男人。我和他一起做爱,但是我们不会生活在一起。他有暴力倾向,而

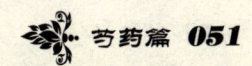

且太自以为是,还经常酗酒。虽然我们经常在黑暗里疯狂地做爱,没理由地吵架,但是我们不会相爱。他有他的家庭,我有我自己的世界。

于是我想到了南,在西安的左岸酒吧做调酒师。

我说,我认识一个符合你所有要求的男人。

是吗,在哪儿?

西安,西阳路的左岸酒吧。只是他有一对龙凤胎。岸去世后,他未再娶妻。

我很喜欢西安。有他的电话吗?

我告诉她。她拿出她的手机,存储下来,是一款三星上推手机,小巧时尚。

这时,侍应生过来招呼她,到了她唱歌的时间。她站起身忽然用酒杯碰一下我的嘴唇,说,你是我喜欢的女人,希望你和洛初快乐。

我拿起盛着清水的高脚杯,喝一口冰凉的水,我抚摩她妖娆的眼睛。当你在西安的教堂里穿上婚纱时记得给我打电话。

她说,好。

她轻盈地走上台,坐在一个粉红色的高脚凳上,拿起话筒,向我挥挥手,开始轻轻唱歌。是一首老歌,王菲的《我愿意》。

思念是一种很玄的东西 / 如影随形 / 无声又无息出没在心底 / 转眼吞没我在寂寞里 / 我无力抗拒特别是夜里喔 / 想你到无法呼吸 / 恨不能立即朝你狂奔去 / 大声地告诉你 / 愿意为你我愿

意为你……

　　轻柔的歌轻轻地撕扯你旧日的伤口,让你不知所以地就感到疼痛。来不及掩饰,血已汹涌而出。

　　我悄悄离开,没有任何声息。

3.在拉萨,你要学会爬行

　　我不回答林的话。我说,去一趟拉萨吧,我想知道什么是蝶祭。为什么在临临的左胸会突然出现一片酒红色的蝴蝶斑,为什么是在我杀死自己孩子的时候,还有菊花鲈鱼到底是什么意思?

　　林点头,然后给临临请假,第二天早上就走。林开一辆2000年的大众,黑色,有硬朗的线条。

　　夜里准备要带的行李物品。这次记得了带上感冒药,还有预防伤寒、痢疾等各种因高原反应可能出现的病症的药品。换洗的两套牛仔裤,涤纶加棉布上衣,羽绒服,一条紫红色围巾。却给临临拿了十几件衣服,薄的厚的,穿的围的。还有各种零食,大瓶的纯净水。林却说,不用带这么多东西。记得在拉萨有我的父母,有我从小就长大的家。

　　我好久没有回家了。林说,自从临临的母亲离开,他就没有回去过,他怕看见父母焦灼怜爱的眼睛。

　　可怜天下父母心,他们虽然在你的生活里无声无息,却时时刻

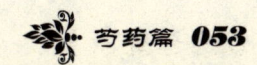

刻地挂念着你。

一路上我和临临都在沉睡,没有看到沿途的景色。林专心地开车,放萨克斯的音乐,轻柔欢快。我醒来时已经到了拉萨的市中心。在一个古老的居民所前停住,青色的砖墙,绿色的、潮湿的苔藓生长在砖的微小缝隙里。

拉萨,是世界上最具特色、最富魅力的城市之一。这不仅因为它海拔三千七百米的高度令初来者晕眩,还因为它有一千三百年的历史,留下了无数文化遗迹,神秘的宗教氛围所给予人们的梦游历史般的感觉,以及在现代化城市林立的今天,它特有的古典与淳朴所透露出的田园般宁静的心绪所能赠与人们的快慰与欢愉。

我恍惚地走进了我神圣的拉萨。我惭愧地自责,我亵渎了我的灵魂。

见到林的父母,穿着现代的服装,纤维的蓝色衣服,脸色红润,皮肤黝黑,都是淳朴的藏族人。没有过多的话语。况且语言不同,需要林不停地比画解释。他们准备下丰盛的食物招待我这个汉人。

临临还是很顽皮,爬上爬下。两个老人围在她的身边唯恐碰到哪里。

晚上睡在他们家的主房里。老式的旧木头床,墙壁上贴着喇嘛的像,有佛普度众生的图案,香火缭绕,无数的藏民匍匐在地,跪拜他们的神,还有可以触摸到的灵魂。简洁的居所,没有任何琐杂的物什摆放。老人给我端来温热的水,供我洗漱。传统的藏族礼节大多已不见。林告诉我在这里除了能感到心的灵魂在游走,和其他城市没有什么不一样。你要把这儿当作你的家看待。

拉萨的夜晚很静。两个老人早早地睡去,我躺在床上,眼前是藏民五体投地的跪拜,一步步地拜向他们神圣的目的地布达拉宫。

神在我们凡人看不见的上空朝我们微笑。

记得林曾经对我说过,在拉萨,你要学会爬行。

半夜的时候,林敲开我的房间。他唤我的名字,芍药,睡了吗?

没有。

为什么不睡?

因为如此安静的夜。

芍药,你还没有回答我的话。

什么话?

你说拉萨的黑色夜空里有天使吗?他会伸开翅膀朝我微笑吗?

有的。我就是你的天使,不但会出现在夜里,天亮的时候我的羽毛也会覆盖你冰凉的身体。

芍药,我感觉不到天使的温度。

林轻轻地吻我的眼睛。我听见他的呼吸逐渐激烈,手伸向我的被窝,触摸到了我的身体。我推开他,在黑暗里告诉林,吻我,但是不能和我做爱。

林点头,双手捧住我的头颈,疯狂地亲吻。时间迅疾流逝,眼泪缓缓滑落。

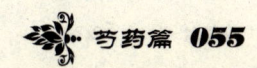

我说,我想爱一个男人,可是我忘不了他,他时刻摧残着我,吞噬着我。

我无法忘记。

4.南,我应该把你放在心中什么地方

你是我的恩人,是我第二次生命的缔造者。

六年前的西安火车站还很破旧,断了的古城墙是我第一眼看到的西安景色。拥挤的人群,火车的鸣叫声,枯瘦的三轮车夫,还有晃眼的高楼,笔直的公路。

南背着一个破旧的军绿色背包,里面有一双崭新的布鞋,是南在老家花两元钱偷偷买的;一个陶瓷的白色饭缸,上面沾满肮脏的油迹污垢,我和母亲的一张照片,仅此而已,放在这个宽大的背包里。南却说,好重。他已没有一点力气。

我们已三天没有吃饭,我饿得头晕眼花。南只是说,快要到了。到了西安我们就买香喷喷的小笼蒸包,吃一大海碗热腾腾的西安过桥米线。

那个背包现在还挂在南的床头上,尽管他现在已有几百万的家产,不再为吃一笼蒸包而犹豫再三。

出了火车站,向北一百多米便有一条小吃街,卖西安的各色小吃。有兰州拉面馆,过桥米线店;有卖肉夹馍的小摊子,吆喝着一毛

钱一碗的小米稀饭摊子;有大的炸得焦黄的油条,猪肉馅拌芹菜末的小笼蒸包,巴掌大的烤排。南领着我走到这里时,我彻底地瘫坐在尘土飞扬的地面上,不再走。我说,南,我快要饿死了。南顺着一个个摊位打听哪一种食物最便宜而又最能充饥。米线和蒸包是最贵的,米线两元钱一碗;蒸包是一笼五个,一元五角。然而这些也是奢侈的食物,我们可望而不可即。

最后,在一个稀饭摊前坐下。南端来两碗小米粥,冒着热腾腾的香味,还有三根油条,还在滴着油。南把油条全推到我的面前。芍药,吃。吃饱了我们就去找工作。然后我们赚了钱我就可以请你吃猪肉蒸包了。我们要买上十笼,吃得再也不想吃。

南坐在我的对面低着头"呼噜呼噜"地喝稀饭。我只是饿,来不及对他感激,油条已吞入了空空的胃里。

太阳刚刚升起,我们进了一家私人小餐馆。店主很年轻,老板娘刚刚生下一个孩子,老板说需要一个帮手,也就是刷刷碗,端端盘子。南可以在厨房帮忙择菜,做厨师的副手,一个月两百元,和老板一起吃,晚上就住在饭店里,把餐桌摆在一起拼成一张大床。南在上洗手间的时候,我跟在他的后面。南猛地转身把我抱起来打转。南说,芍药,我们终于有地方可以吃上热饭了,我们再也不用睡外面的草垛了。我抬头看旋转的天空。我说,是,南。我哽咽的说不出话,连哭都发不出声来。

我十六岁时就已很知足,有地方住有热饭吃就已可以高兴到

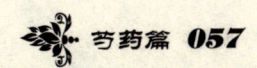

流泪。

南第一次请我吃饭，就是在我来西安时第一次看到的那个小吃街，是过桥米线和小笼蒸包。只是没有买十笼，我只吃了两笼就再也吃不下去。

南是一个有心计的男人，他带来的那一千元钱始终没有动过，用的所有钱都是在西安辛苦赚来的。南告诉我，那是我一生的资本，我要它陪我下葬，除非我突然离开。

南至今都把那一千元存在他的一个账户里，真的始终都没有动过。

在那个餐厅干了一年。南说，你应该学一些东西。这时南开始在西安的各个街头游荡着擦皮鞋。擦皮鞋是看起来很低贱但是却很赚钱的工作。一九九九年的西安街头擦皮鞋的还很少，不像现在比行人还多。擦一双一元钱，一天如果运气好的话可以擦三四十双，也就是三四十元的收入。一个月下来就可以赚近一千元。那时我们已攒了有三千元钱，都是在小餐厅打工攒下的。一年里，南几乎一分钱没有花，换洗的衣服都是老板穿剩下的。有吃有住我们现在还需要什么？答案是不需要。我买了一双凉鞋，两件五元钱的白色短袖衬衫，是在小夜市上买的。还有两条裤子，乳白色的休闲裤，伪李宁品牌，花了十五元。还有一个粉红色的头花，坠着一个个亮晶晶的塑料珠子，两件毛衣，一件黑色，一件白色，都有漂亮的几何花纹，两件冬天的翻绒领子的外套。这些都是用的南的钱，是他一个月的工资。南说,你是女孩子,理应得到照顾。

我的生理期来得比较晚,十六岁才来第一次月经。我和南睡在饭店的餐桌上,在半夜的时候,我就感到了双腿间私处的湿热。我惶恐地让南拽开电灯的拉线。我让南转过头,我在昏黄的灯光下看见了新鲜的血液从我的下体缓缓流出来。这是一个少女的初次,本是那么的羞涩且惶恐,可我自小便是处事不惊的孩子。我说,南,去给我找卫生纸。我流血了。

我们攒下钱要做什么?有一次我问南。南说,西安是一个有古老文化的旅游城市,我想送你去做导游。我想让你有一个体面的工作,有稳定的收入。不用看着小老板的脸色做餐厅的服务员,不受醉酒客人的无理骚扰。也不要满街头跑着给人擦皮鞋,风吹雨淋,烈日暴晒。芍药,我没有来时就对你说过,总有一天我会让你过得很好。

那你呢?你打算以后做什么?

南说,我经常在一家叫左岸酒吧的门口擦皮鞋。每天会看见一个披着长发的男子到那里上班,穿着干净洒脱的休闲装,脸色红润,总是微笑。有一次我问他你做什么,他说,是调酒师,一月有两千多元收入,一个随意浪漫的工作。你知道吗,芍药。我多想有一个浪漫且有丰厚收入的工作,而不是现在的擦皮鞋。我总感觉抬不起头来。

南,我们用辛苦劳动所得的钱生活,我们没有比别人低。

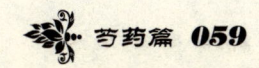

是的芍药,那是我现在的梦想。但是我知道我能做到。

南,你能做到。我无比地相信你。

那时候我们在北街的一条小巷里租了一间民房。房主是一个老太太,有五十多岁的年纪,告诉我她的丈夫在二十年前喝醉酒摔在马路上被车轧死了。那时他们的孩子刚刚满一周岁,妈妈都还喊不清楚。现在儿子已长大成人,比他父亲还要高了,在北京的一所名牌大学里上大二。家里经常她一人,院子很是空寂,需要有新的人来注满生气。我们租的房子是她的南平房,靠着大门,出入很方便。出了家门向东是一条小吃街,和火车站附近的很是相似。过了小吃街便是西安铁路运输学院,有几十年历史的一所大学。

南用了一天的时间购置家什,都是在旧货市场淘来的。一张木头做的双人床才三十元,黄色的写字台二十元,一把椅子。枕头、棉被、褥子却都是崭新的,绿色的被面,有大的苹果。床单是白色的,印着红色的小碎花。锅碗瓢盆,烧煤球的炉子。南说,我们要有一个家。可以在天冷的时候待在屋子里烤着炉火取暖,熬热腾腾的小米粥,炖一锅白菜猪肉粉条。我们自己做饭吃,这样可以省很多钱。

那一天是我的十七岁生日。我们熬了小米粥,炖了猪肉粉条。最后南亲自给我下了一碗长寿面,坐在我的对面看着我慢慢地吃完。南说,芍药,今晚我想抱着你入睡。南还从来没有亲密地抱过我。在餐厅的饭桌上睡了一年,我们一直是背靠着背入睡。我们最常做的动作是牵着彼此的手,看花开花落,在大街上漫无目的地走。

然而今天晚上,南却说,要抱着我入睡。

5.她是你前世的灵魂,你无法把她消灭

要在太阳升起时赶到大昭寺。林说,这样活佛会很高兴。

大昭寺是西藏最辉煌的一座吐蕃时期的建筑,殿宇雄伟,庄严绚丽,每日被转经的人流簇拥着。大昭寺又名"祖拉康",藏语意思是经堂。"大昭",藏语为"觉康",意思是释迦牟尼,就是说有释迦牟尼佛的佛堂。而这尊释迦牟尼像便是指由文成公主从长安带来的一尊"觉阿"佛,它在佛教界具有至高无上的地位。

时间尚早,没有游人,只有信徒不断地进进出出,或慢或快地沿着大昭寺著名的转经道周而复始地一圈圈转着,无论男女老幼,都是一脸的虔诚和凝重。这一刻,是自然而和谐的。

我见到了活佛。

喇嘛掀开门帘,我随之进入内室。屋里散发着淡淡的香味。陈设极为简单,也就是一床一柜一桌。而在床上半卧着的,自然就是活佛,头发略微有些凌乱、清瘦、苍老,目光有些游离,气色不大好,精神状态也不是很好。活佛给人的感觉很慈祥、和蔼,却又丝毫没有影响到他的尊贵与威严。看着他,我竟感觉到一种神圣的力量在向我招手。

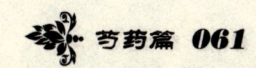

他不懂汉语,由旁边的一个喇嘛翻译,问我从哪里来,做什么,什么事。林用藏语替我回答。

我说,我想知道,为什么在我杀死自己的孩子的时候,会有一只褐色的蝴蝶停留在我身旁的这个孩子身上。我指着睁大眼睛的临临。还有我们那时是素不相识的陌生人。

活佛大概有八十多岁的年纪,头脑似乎已经不大灵活,林翻译了好几遍,他才开始回答。说得却很短,很快。林听了一脸肃穆,扭头看我。

什么意思?

林说,活佛说,她是你前世的灵魂。

在回去的路上,林说。

芍药,你注定要和临临永远在一起,而我也不可能离开临临。我这次回去打算把公司转了,不想再在生意场上周旋。我相信手里钱已足够我们以及临临以后的生活。我们一起住在丽江,我们守着你的小店。或者我也可以买下一家旅馆,每天给旅途中疲惫的人一个歇脚的地方。我们都已经太累,我们需要一个安定地方平淡地生活。

我平静地听着这个离我如此之近的天使般美丽的宣言。我说,我想给自己最后一个机会,我要回去看一眼洛初,我想听到他最后的答复。如果一个人的感情可以用百分比的话,那么在你的身上是百分之五十,洛初同样也是。我没有理由或者如此简单地放弃掉我一半的感情。

活佛说,她是我前世的灵魂。这不奇怪,我早就已经感觉到。我们来到这里只是为了一次心灵的洗礼,我们都做到了不是吗?

林,照顾好临临,那是我们共同的女儿,虽然现在我不是你的女人。

林,在拉萨,等我电话。

6.我是手持镰刀的稻草人, 而你是我守护的麦子

南说,我等你到二○○二年情人节那天。这时,一个叫岸的女子要嫁给南做他的妻子。

岸是左岸酒吧的老板。南来上班的时候,岸的男人去了另一个城市就再也没有回来。这个狠心的男人不知道,岸有了他的孩子,已经三个多月。岸接过了酒吧,那年,她二十七岁。

南果真擦了一年的皮鞋,然后走进那家酒吧。接待他的就是岸,相貌平庸,身材不高。可是南后来却告诉我这样的女子可以相守到老。我说,是。可是我做不到。

我已经在一家私人办的电脑学校学了一年设计,包括 CAD、3D、PHOTOSHOP 等在广告公司实用的几个软件,并自学西安旅游

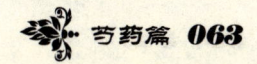

知识以及参加导游资格考试。这一切都是南的决定。他给我铺好每一条路，是为了不让他对我说的话落空。他说，总有一天我会让你过得很好。

是的，即使这样我也已很满足。清晨起来，南早早地给我买来稀饭油条，偶尔换上一份西安的特色小吃，然后送我去学校。我会挽着他的胳膊欣喜地在路上走，遇到同学我告诉他们这是我的哥哥。南也不辩解。我对南说，我不觉得你是我的男人，我把你当作哥，请你不要生气。南微笑。

上课，击打慢慢熟悉的键盘，有一个近四十岁的戴着金丝边眼镜的男人教我们功课。中午时在学校的小食堂吃饭，和几个合得来的女友嘻嘻哈哈地打闹。下午五点结束一天的课程。这个时候南应该还没有来，应该正在给行人擦拭肮脏的皮鞋，或者抬头看雾茫茫的天空发呆，更多的时候应该是想我的样子。我独自回家，在路过的菜市场买晚上吃的蔬菜。打开门，南刚买了一个小的录音机，听林志颖的专辑，是南最喜欢的。其中有一首《稻草人》我很是喜欢，反复地听。学着炒菜，坐在床上看一个叫清少纳言的日本女人写的书，叫《枕草子》。很美的小文字，适合一个人的时候静静地品味。南在傍晚的时候才会一身疲惫地回来，嚷着让我给他按摩双肩和腿部，讲今天在路上的所见所闻。比如一个年轻美貌的女子狠狠地甩了一个老头子一巴掌，比如一个三十多岁邋遢的男人因为生意或者家庭失意站在高高的城墙上要跳下去自杀，有不怕事大的小伙子大声吆喝,有老头子骂一句"什么东西",然后离开。

这是每个时刻都在发生故事的城市,我们作为观众看得乐此不疲。

一起趴在一张破旧的小桌上吃饭,目光偶然相遇,相视一笑然后离开。可是心里各有甜蜜的感觉。

刚搬过来时还没有买电视,只有那一个小录音机能够带来另外的声音。调到一个音乐频道,我躺在床上静静地看书。南会细心地擦拭他的工具,准备明天缺的东西。时间缓缓走动。

南忽然抬起头看着我喊我的名字,芍药,想吗?我放下书说,来。

灯光摇曳,我和南的影子挂在床侧的西墙上。南是细心且小心的男人。轻轻地进入我的身体。在我耳边喊我的名字问我,芍药,好吗?我目不转睛地看着斑驳的墙面。我说,好。

太平淡的生活注定要离开。

南去那家酒吧应聘,当时第一次买了一身价值三百元的西服,那已是他到西安两年来买的最贵的一身。岸是很和气的女子,告诉南,学徒工,每月三百元的生活费,试用期一个月。学调酒伶俐的话应该需要三个月的时间就够了,到时候签订雇佣合同,工资为一千元。第二年酌量增加。南当然答应。南看看四周问岸,那个调酒师怎么已好久不见了。

岸没有回答,却对南说,合适的话明天就来上班。

南应该是岸喜欢的那种男子,或者是很讨老板喜欢的那种职

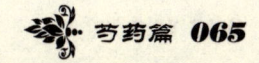

工。他学得很快,不到一个月已经可以一个人站吧台,半年后他的薪水涨到一千五百元。

南回来后总是兴奋地告诉我这些。有一天,南说,其实岸真的很可怜,已经有了九个月的身孕,那个男人却还是没有回来。我怎么能让她再劳累呢,我能做的就是尽力把工作做得更好。

还有一次,南说,岸想让我留下来。

我说,难道你想走吗?

南说,她的意思是可不可以嫁给我。

这时,我打算不再在那所学校继续上课。我对南说,找一份工作,我想出去上班。南第二天便给我联系到附近一家广告公司。我的职务是平面设计,做户外广告的平面设计图,还有印刷排版等。这些对我已经是很简单的事。薪水是每月六百元。

我在那家公司只做了三个月,便辞职。原因是我受不了那比猪还要肥胖的老板的色迷迷的眼睛,还有老板娘对我厌恶的眼神。

南说,给别人工作就是这样,要么受白眼,要么受色眼,习惯就好了。

我说,可是我真的很不习惯。

那你想怎么样。

我想自己找一份工作,自由的、我喜欢的。比如给旅行的人做导游。

南是如此的关心我,到了下午便告诉我临潼的秦始皇兵马俑博物馆招聘导游。你明天早上可以到汽车站坐车,有去往那里的专车。我说好。

那天回来后我告诉南,我要离开你,我被招聘了。

南一脸漠然。说,我早就知道你会离开,只是没有想到会如此地快。

我说,南,我们遇见是缘分,我们要离开是命中注定。或许累了,我就会回来。

南最后说,我等你到二〇〇二年情人节那天。你不回来,我就和岸结婚。她是可以相守到老的女人,我不在乎她肚子里的孩子。

我说,好。南,我记住你的话。

7.这是一次漫长的旅途而又是最后的告别,不怕结局会有多么惨烈

从拉萨到山东临沂市,坐飞机的话只需要一个多小时的时间,如果坐火车则需要三四个日夜,还要不断地转车。

我选择火车。因为漫长的旅途,可以让我有足够的时间思考,以及慢慢理清已经杂乱的记忆。还有路过西安时,可以抽空去看看南。

我没有赶在情人节前回到南的身边,因为我跟随洛初去了另一个城市。南和岸结了婚,岸生下了一对龙凤胎,却因为大出血离开

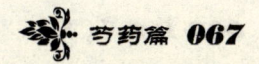

了南。我没有看到这一切悲剧的发生,只是我在洛初的身边时,南给我打来电话,告诉我,岸死了,是大出血,无法挽回。却给我留下了一对可爱的小婴儿,真的很可爱,两个透明的小精灵。

我曾经把蓝介绍给了南,不知他们是否已经在一起。我希望是,那是我多么想看到的事。我是如此的自私,奢望着蓝能够填补我和岸的空白,帮助我弥补我犯下的罪过。

坐颠簸的破旧客车到达那什,然后上火车可以抵达西安,直达临沂。

一路上都是昏睡,忘记了观赏车窗外荒凉的景色,只蒙眬中感觉到一个个昏黄的小火车站上传来熙攘的叫卖声。

是上午十点到的西安火车站,要停留三十分钟。我走下来,观望前几天离开的西安。一切如旧,只是临临没有在我的身边。天气晴朗,空中没有一丝云。城市的一切有条不紊地进行,不会因为有一对人要相见而有丝毫的不同。坐上去往左岸酒吧的公交车,选择一个靠右车窗的座位,看沿途熟悉的高楼大厦。走过钟楼,世贸大厦,文和路,地下广场,东方购物中心,莲花商业街,最后经过南的左岸酒吧。我透过窗户模糊地看到一个男子和一个穿白裙的女子在吧台上交谈,似乎又不是。

我突然决定不再走下去,不想见到任何我曾熟悉的人。我还是离开,我不想知道他们是否已在一起,没有答案或许对我来说也是一种答案。

他们所有的在我的身后越来越远。南，我们或许今生不会再相见。

坐车原路返回，我再次坐到开往临沂的列车上时，浑身酸软地躺在软卧上。我承认了自己的胆怯，我不敢见到南。

还有三十个小时的旅程，我除了睡觉便是起来喝一口矿泉水。

天微亮时，车已驶入了山东境界。我睁开眼就看到了那个男人，坏坏地笑着看我。芍药，我们总是这么地巧。他是十五，那个被我捅了一刀的男人。

他手里拿着一本相书，封面上写着"麻衣神相"四个隶书大字。他说，是半夜时在河南省上的车。真的没有想到和我相邻的是你。你知道吗？我这样已经看了你十个小时零三十七分钟。你还是那个样子。

我问他，什么样子？

十五翻开相书的一页，然后仔细端详我的脸。你的命中花是菊花。菊花在中国代表着文雅，有敏锐的洞察力的人。只是你骨子里是如此的固执。所以你很矛盾，你一直很矛盾。

我说，怎么听不懂？我想起了林给我点的那一道菜叫菊花鲈鱼，还有那块特意给我买的砚台。我问他，有没有一种很固执的鱼，明知道前方是死路，还是不停地游？

十五说，是**鲈鱼**。你考我海洋生物知识吗？

我哈哈大笑，比男人还要狂野。原来是这样，每个人第一次看

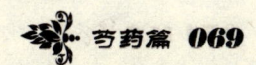

见我就知道我的天性,我却始终不明白。南是,十五是,洛初是,常是,林也是。

我离开拉萨的时候,林说,我第一眼看到你,就知道你一定经过许多的事。但是我不打算让你把那些告诉我,我只是想让你好好生活,还有永远和临临在一起。芍药,我等你回来。

与面前的男人保持沉默。他说,打算回去找洛初,从头再来。你呢?

我说,我来找洛初。

我想我见到洛初时也会无话可说,只是看他一眼,然后离开。他会明白,我已经找到了幸福。

我在心里默念,临临等我。但是我没有告诉十五我来是为了告别。

十五的脸慢慢阴晦,芍药,你不该回来。

我笑,却不做声。

中午一点,到达临沂。我离开这个城市到今天已经有半年的时间。我示意十五先走。我不想和他一起出现在洛初的面前。他微笑着离开,在路边拦了一辆出租车,钻进车内朝我招手,探出头对我说,芍药,你过来,我有话要跟你说。

我轻轻地走过去,弯下腰脸贴着玻璃问他,什么事,说。

车门呼地开了,十五的手臂也重重地伸出来,重重地。他的手里紧紧握着一把尖刀,那把刀迅疾地穿过了我的腹部。一道冰凉的弧线划开了我柔嫩的肌肤。我听到绸缎撕裂的声音,我听到了芍药花开的声音,因为我闻到了芍药花瓣散发的黏稠潮湿的香味,让我窒息,喘不过气来。我抬起头看他,他已钻进了车里。出租车嗖地开走,瞬间不知踪迹。我躺在冰冷的灰色水泥路面上,侧躺着。

我看见青色路基石,还挂着几滴清凉的水珠;我看见绿化带里盛开的芍药花;我看见我的母亲,她微笑着抱着我,眉头轻扬,嘴角弯成半个月牙儿。有花瓣随风飘落,落到我满是血迹的手里,我惨白的毫无血色的脸上,我的那件绛紫色风衣的木纽扣上。还有一个调皮的花瓣挂在我颤抖的睫毛上,随风摇曳。

灼烈的阳光下,惨白的街道上,拥挤的人群里,我看见了洛初,他怎么知道我回来呢?想开口问他,他却捂住我的腹部,紧紧地捂着,是的,我感觉到了新鲜的血液正从那里奔腾,像黄河的水。是啊,多像那奔腾的黄河水。

我好像对临临说过,要带她去看黄河的。临临,临临,怎么看不见临临呢?还有林呢?那个可爱的男人歪着头,对我说,或许我也可以把你留在我的身边。

我记得没有回答。

我转头,寻找林。可惜没有。

洛初趴在我的嘴上。你是要听我说话吗?好,初,来,把耳朵靠近一点,我真的有话对你说。

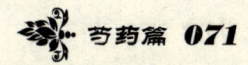

在拉萨林的家里,林亲吻着我的眼睛问我,你的家在哪儿?

我喘息着说,林,我十六岁时在一个深夜离开我的家,而今天我竟然不记得回家的路了。

我说,洛初,我想回家。

这一年,芍药二十二岁,她以为自己可以改变某些事,终究还是无能为力。

洛初

棕色天珠\紫色耳环\蓝色戒指

第一章 棕色天珠

1. 我问佛,你真的能保佑我吗

我叫何洛初。

二十四年前的冬天,我躺在长白山脚下无知地因为寒冷而哭泣的时候,他在冰冷的石岩里看到了我。我的哭声引来了他,我的哭声让我又一次回到人间。他看见我的时候,我双唇青紫,四肢还有舌头都已僵硬。但是我却忽然哭出了声音,而且他在远处的山坳里还清晰地听见了。

是十月四日的凌晨三点,他忽然醒来,钻出温热的炕头,摸索着在松木柜子上找到火柴,一次次最终划着,点上煤油灯。油罐子是吃完的罐头瓶,盖上一个铁片,铁片中间钻一个眼,续上搓成小手指肚般粗细的棉线做灯芯。

窸窣的声音把妻子惊醒。怎么了?

他竖起耳朵眯着眼睛,贴在白纸糊的窗户棂上。他说,你听,外面好像有孩子在哭。

当时刚下完一场大雪,有一米多厚的雪都堵住了栅栏门。院子的墙脚处是不敢过去的,那里的雪被大风堆积得可以让人陷进去而不能自拔。全山坳的人都大门小门地紧闭,窝在炕上睡觉,打呼噜,嗑自产的瓜子。要么一家子人围着一个黄土捏成的火盆烤火。燃烧的是松树疙瘩,浓烟滚滚,让人睁不开眼,却又能嗅到一股松木的清香,吸进了脑子里,神清气爽。

她说,你没事睡不着瞎整啥,会有谁家的孩子这时候跑出去。

他真的听到了孩子哭的声音,可是他妻子也是真的没有听到。他抓起滚下炕的棉袄棉裤,嘴里哞哞地穿上。妻子说,你干什么。他回过头对妻子说,我去看看。我真的听到了孩子的哭声。

妻子使劲掖着被角。她整个人缩在被子里,传出闷闷的声音,你去吧,可别让野狼给吃了。那我肚子里的孩子可就看不到爹了。

他轻轻地把顶门杠拿开,推开门。风呼地钻了进来,夹杂着翻飞的雪花。哭声断断续续地从北山后传来。他在半米多深的雪地里跟跟跄跄地向那方向走去。

这是一九八〇年的严冬,他的妻子第三次怀了孩子。前两个一儿一女,按说这个也不能要了,况且正是开始计划生育的关节,可是偏偏妻子怀了都已经快三个月了他才知道。他听老年人说起过,三个月的娃应该成人形了。妻子舍不得,说,他已经在我肚子里吃喝了三个月,我怎么也得把他生下来。我要他怎么也得养我三十年。他也不舍得,他会看相,从妻子的反应和肚子鼓起的形状他断定是个带把的。又是一个儿子,有一个不孝的,还能指望第二个。

他是祖祖辈辈的农民,年轻时以土地为生,老了就只能指望儿子能够孝顺。

他的妻子倒是还读过几年书,家境也比他好,家里世世代代行医,开着方圆十几里唯一的一家药铺,吃穿从小不愁。在没有嫁给他之前,从未下过地,挑过水,推过粪。她是农村里的千金,却并不娇惯,四岁就跟在哥哥后面开始识字,读书。她最终嫁给他,她告诉别人说只是因为他踏实能干。

他始终憨憨地笑,没有在别人面前说过一句体面的话。他是典型的沂蒙山区的汉子,逆来顺受,听天由命,不论天寒地冻还是夏日三伏,都是兄妹六个里最能干的。他说,谁叫俺是老大呢。他排行老大,下面有三个弟弟,两个妹子。他脾气倔犟,七岁时,去村口放生产队的牛,一次,有孩子淘气地拿石头扔牛。牛发起了火,挣开绳子就要跑,那些孩子吓得哇哇乱窜,只有他扑上去死死地拽住缰绳。牛跑起来,把他拽在地上拖着,石块、土圪垃、草皮还有蒺藜划得他满身全是口子,他就是不松手。后来大人赶来时,牛也跑累了,趴在水沟里呼噜呼噜地喘着粗气。他艰难地爬起来骑到牛的背上,抚摸牛的双角说,噶子,你没我倔!牛呜呜地叫着点头,从此再也不在他的面前撒野使脾气。直到牛死的时候,他的泪落在牛的眼眶里,牛也哭了,又是呜呜地叫。叫声刺破了湛蓝的天空,穿透在辽阔的原野和暮色里。

妻子又怀了孕,计划生育正抓得严,他便带着妻子来到吉林蛟河三弟的家里。三弟家在偏僻的山坳,没有人到这种地方来管理人口。三弟是六一年挨饿的时候一路乞讨来的,并在这里娶了一个当地的媳妇,就再也没有回去。回去怎样,当时老家里连苦涩的杨树皮都被人扒了精光,用水煮着吃了。

他真的听见了孩子的哭声。

转过山坳,在呼啸的西北风里辨别出声音的出处,他寻到了一片乱石林。他笨拙地越过嶙峋的山石,小心试探不知深浅的雪窝。他最终看见了我。我躺在一个雪落不到风吹不着的因岁月风化而形成的小石洞里。那个石洞的形状有点像虎口。我躺在虎口的嗓子眼里,前面尖翘的石头恰似老虎锋利的牙齿。

我裹在一个破烂的漏出棉絮的军大衣里。我双唇青紫,四肢还有舌头都已僵硬,但是我却忽然哭出了声音,而且他在远处的山坳里还清晰地听见了。

他抱起我,把我捂在他起伏的胸口上,朝回走。

我的手上戴一个银镯,哗啦啦地响。镯子的中间是空的,里面有银珠子。镯子上刻着花纹,是盛开到极致的芍药花。我的脖子里戴着一个项坠,坠着一块椭圆的淡棕色的带着古怪花纹的石头,用红丝线穿着。

后来，也是等到我上初中的时候，我在地理课本上看到，西藏产一种珠子，有褐色、棕色、蓝色、黑色等古朴的色泽，上面有天然的美丽的古老纹路，有的如眼睛，有的如观音，有的如水波等。它们统称天珠石，在西藏被认为是最昂贵吉祥的东西。相传它是佛的礼物，谁拥有一个这样的珠子，佛会保佑他一生平安。

我问佛，你真的能保佑我吗？

那么为什么这个在你慈爱眷顾下成长的孩子却在七岁那年就残忍地害死了一个同岁的伙伴？？

2.一辈子的祸害

许多年以后，我的爷爷临终的时候这样对我的父亲说，你不该来。

其实当我还没有到他们家时，祸害就已经来了。

他抱着被遗弃的虚弱的小生命，顶着雪花向山坳里走。离家还有百多米远时，他听见了妻子凄惨的嗷叫声。千万块的玻璃碎块迅疾地插入他的心脏，他在风雪中猛烈地奔跑。厚重的靴子灌满了雪，他索性一脚踢下来扔在雪堆里。他赤着双脚在厚厚的雪里翻动，双脚瞬间红肿。他紧紧地抱着我用肩膀撞开门，他一脚踏进屋里，双脚感觉踩到了一地温热黏稠的液体。借着雪的反光他看见了自己的妻子翻倒在地上，四肢颤抖，头发散乱，衣衫不整。她的嗷叫声渐渐消失,接替的是无声的呻吟。他把我放进被窝里,惊愕地从地上抱起冰凉的妻子再轻轻地放到温暖的炕上。怎么了,怎么了,这是怎么了?

妻子睁开眼看见了她的丈夫,忽然痛哭,声音苍凉。她哭着说,快点上灯。他急忙找火柴摸煤油灯,哆嗦着手点着。微弱的光慢慢散开。他看见了赤红的血,炕上,地上,妻子赤裸的双腿上,妻子因在地上翻滚粘在脊背上的斑驳的血迹。血腥的气味呼地吸入肺腔,他跑到门口大声呕吐。

妻子躺在炕上看着他弯腰呕吐的背影,轻轻地说,咱们的孩子没了。说完又哭起来,这次是嘤嘤地哭,像一个在襁褓里的孩子,像那时的在她身边正独自享受温暖热炕的我。我也哭起来,学着她的样子。

她这才看见我,啊地一声叫。他已呕吐得直不起腰,回过头对妻子说,刚从山坳后的乱石堆里捡来的,不知是哪里的狠心爹娘扔的。好好的孩子,你说怎么舍得扔呢?

她冷冷地看我。我却忽然嘿嘿地笑,笑声清脆。

他已端来热水,沾湿了毛巾擦拭妻子身上的血迹。妻子光滑雪白的大腿处还留着一堆散发热气的污物。他捧起来扔到外头的雪地里,再铲上了几锨雪。做完这些,给妻子盖上被子,掖好被角,接着再清洗地上和炕上的血迹。一脸盆的黑红色的血水泼在雪白的院子里。雪渐渐融化,与血融为一体。

他们的亲生儿子没了,后来我爷爷说是因为我父亲捡了我。

我的母亲后来告诉我的父亲,说那天晚上他走之后她做了一个奇怪的梦,梦见了一把刀狠狠地插进了她的小腹,然后她看见一股白气悠悠地从私处跑出来,又悠悠地穿过门缝,跟在他的背后到山坳后边去了。我父亲当然不信。可是为什么他走时她还好好的,怎么捡了我回来后肚子里的孩子就只剩下一地的血水呢?

可是他们还是把我一口一口地养大了。父亲说,就当是老天爷看咱可怜给补上的吧。

看来我是不应该来到这个地方的,只因为他们的孩子忽然没了,我成了候补儿子。

他回到了老家,领着妻子,抱着儿子。

我的母亲时常唠叨,这是一个祸害啊。这句话在我七岁那年又一次得到证实。

七岁。小学一年级。在这个贫瘠山区的学校简直不能叫学校。一间茅草屋,到处漏雨。粗糙石头垒起的墙,墙上糊上黄泥巴。土坷垃地面。没有院墙,更别说篮球架。没有黑板,用锅底灰蘸着水刷了一面墙。没有粉笔,用黄土块写字。没有桌椅,小学生上课要在自己家里带着板凳,板凳上放唯一的两本传了好几个年级的破旧卷边的书。没有钱买书,只好反复地用上一级的。那时候经常有这样的情况,一家兄妹七个上一年级用的是同一本书。最后已经烂得不敢用手拿了,一触就散,还是照样用,只好一直把它放在凳子上,只是因为下面还有一个才三岁的弟弟上学时要读。我还没有那么的可怜,我的那本三十二开的语文书只有我的哥哥用过。他只是翻了一半,就被父亲赶着下地割草爬山种地了。而我的大姐却连一天学也没有上过。

那是一九八七年夏天,中国开始发生翻天覆地的变化,到处高楼耸立,到处人声沸腾。然而在这里,没有一点改革的声音,没有见到一批扶贫的队伍。这里的老百姓还过着靠天倚土的日子。只要老天爷发脾气,土地再不争气,他们就只能唉声叹气,毫无办法。

就像我的父亲那样,年轻时指望地,老了就指望儿子孝顺了。

我每天清晨都抱着家里的小板凳,去那个破旧的屋子上课。进屋随便找个地方盘腿坐在地上,小凳子放在身前,上面端端正正地放着课本。跟着台上的老师念,a——o——e——

在破屋后面是打谷场,是我们课后经常耍的地方。

那一次玩捉迷藏,四五个穿着破衣烂衫浑身打满补丁的孩子欢快地围着地瓜秧垛子转悠。欢声笑语,那么的畅快,那么的自由,那么的无虑。我当时绝对不会想到那些日子是我一生中最快乐的时候,从那以后再也不会有了。尽管后来我有了亿万身家。我衣食有人伺候,我想干什么就干什么,可我还是不再那样畅快。天是那么的蓝,我们在下面如小鹿一样欢快地跑。

午后的阳光照疼了我的眼,我围着垛子寻找藏起来的伙伴。最终我看见了他,他弯着腰躲在一个草垛子下面。我猫着腰缓缓走到他的背后。他只顾着看前面奔跑的孩子，竟没有注意到我。我走近了，扮着鬼脸，双手猛地向前一推。我只是猛地向前一推。

真的，我只是想吓吓他而已。后来当我犯错的时候经常说这句话，竟成了习惯。

他扑地一下趴在地上。我咯咯地笑个不停，然后向后跑，琢磨着他一时追不上来我才停下。我站在远处等着他赤红着脸恶狠狠地向我追来。

那天午后的阳光真的很好，那么的和煦，那么的灿烂。

我大约站了好久，看见他还是趴在那儿，还是没有起来，我才慌了。我慢慢靠过去。

近了，然后我看见了鲜血。血从他的脉子底下涌出来，浸透了旁边杂乱的玉米秸子。猩红的液体铺天盖地地涌来，我的眼皮被强行扒开，血像空气穿过了眼球。

他死了。只是因为我轻轻地一推，他柔弱的喉咙便恰巧撞在了坚硬的、尖锐的玉米秆上。

那是一九八七年的夏天，我杀死了一个孩子。

3.她们瞅着远处苍茫的田野狰狞地笑

一九八七年的夏天，北京大学的钱天白教授向德国发出第一封电子邮件。

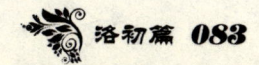

一九八七年的夏天，江西的一个记者详细拍摄了 UFO 从出现到消失的总过程。

一九八七年的夏天，Run DMC，Beastie Boys 两人联手开始了一场巡回演出。"正是那次巡回把 Hip-Hop 带到了城市以外的地方，你无法拒绝它，无论你是白种人，还是黄种人。"

一九八七年的夏天，一个巨大的溶洞在张家界市桑植县境内被人们发现，因洞内有九个天窗而被命名为九天洞。

一九八七年的夏天，林青霞重新和秦汉走到一起，林青霞兴奋莫名。她以为，自己走了这么长时间弯路之后，事业爱情终于成了正果。

一九八七年的夏天，中央电视台播出了长达三十二集的《红楼梦》电视连续剧，影响所及，红学一时又热了起来，街头巷尾聚谈不已，红学书籍处处销罄。

一九八七年的夏天，戒酒后的小布什卖掉了在米德兰镇的住房，举家迁往华盛顿。他和安特·沃特成了好朋友，参与制定了老布什的竞选战略。

一九八七年的夏天，我双手一推杀死六岁的孩子大山。

他是那么小的一个孩子，他应该有那么美好的明天，可是他却长不大了，因为我。

大山的爹娘亲戚围在我家的门口，要一个交代。其实他们就是想要一点钱,孩子是他们的累赘,死了正好。大山兄妹六个,整天喝能照人影的稀糊糊,到地里挖些野菜用水一焯就是一盘丰盛的菜。

他们问我的父亲要二百元钱,不然就找个日子把我也给办了。二百元在一九八七年的山坳里可以买一千斤米,可以够一家人吃一年,过年还能剩下来年再吃,可以买好几头猪,好几只羊。可以给五个孩子每人做一身花衣裳。二百元钱在那时能够做多少事啊。可是那时的老百姓又有谁家能有二百元钱?于是我的父亲第一次打我。把我吊在村口的歪脖子柿子树上,用放羊的牛皮鞭子抽我。他还怕把我的破衣服抽坏了,便把我扒得精光。

一下,一下,一下,大朵大朵的芍药花在我鲜嫩的皮肤上绽放开来,她们瞅着远处苍茫的田野狰狞地笑。

最后村里的许多老人孩子大姨大妈实在看不下去了,一起去劝说大山家的。大山的爹哼哼地喘着粗气,蹲在墙角抽烟袋,却不吭声,大山的母亲只是呜呜地哭她的短命的孩子。

夕阳斜照,我已失去知觉,父亲终于停下来。大山的父母也已不知何时散去了。父亲要来解我的绳子。我的爷爷阻止说,不行,这个祸害哟,身子里有鬼怪,得把它给吊出来。要不以后咱没有好日子过。我的父亲是多么的孝顺啊,他低下头走去。

人都散尽了,歪脖子柿子树上孤零零地吊着赤裸的我。

山村的夏天真好,不远处水汪里有那么多的蛙子呱呱地叫。早

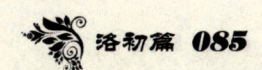

上我还拿石头扔它们呢。田野里的小麦快要割了,金黄的穗子在月光下闪闪发光,麦粒的清香味浓浓地飘来。我饿了,要不是这样,我可以生起一堆火烧麦穗子吃,多香啊。

可是我不能了。

今年雨水很充足,路边的山坡上的草叶子黑绿油亮积满了水,家里的牛羊享尽了口福。有虫子在草丛里吱吱地叫,有黄白色的小朵野花在夏夜的风里摇晃。

前方的老井口上长满了苔藓,有几只蚂蚱在上面跳跃。我静静地看它们,觉得它们和我一样可怜。

是的,有一只一下子跳了空,坠进了井水里不见了。

月光惨白,我在苍白的抚摩中逐渐入睡。

大约是半夜的时候,我的大哥洛严偷偷地跑出来,手里拿着一块烧得焦煳的白薯。他敏捷地爬到柿子树上解开捆着我的绳子。我扑在湿漉漉的草地上慢慢醒来。哥扶起我,把白薯一口口地喂到我的嘴里。

哥搀着我说,走,回家。

瘦弱的我站在夏天潮湿的夜里。我看着大我四岁的哥,皮肤黝黑,瘦骨嶙峋。我说,哥,我不回家。

我再也不要回家。

从我记事起,我就知道我不是他们的亲生儿子。我不属于这里。七岁的时候,我就已决定去寻找自己的生活。

远处的天边开始泛白。

我对哥微笑。

哥,我要走了。可能从此不再回来。

4.你能走多远

十八年前,我顺着村前那条泥泞、弯曲的小土路无目的地前行。方向是东北,我要回家,回到我被丢弃的东北山林。我想知道,一个七岁的懵懂无知的孩子在路上能走多远。那个清晨我走的时候,突然大雾弥漫,雾气从村东的水库里冉冉腾起,徐徐盘缠于各个山腰中间,如数条白龙张着猩红的大口露出骇人的獠牙。我走在路上,一步步走近那颗颗散发腥臭的牙齿,它们在我的眼前摆动,向我嘲笑着。

它们说,孩子,你能走多远?

我一直记着哥对我说的那句话,翻过那些山,就可以看见大路。一直朝东北走,会到的。

我一直走。我赤着脚,踩在坠满清凉露珠的草丛里。我说,一直走,就会到的。

山石划伤了小腿,脚板生生磨出了血泡。孩子啊,路到底还要走多久,你又到底能走多远呢?

天亮的时候,我张开双臂站在大路中间拦截过往的车辆。最终一

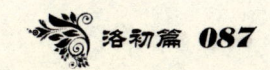

辆破旧的拖拉机不情愿地停下,一个穿着浅灰色中山服很面善的年轻男子晃悠悠地从座子上下来,弯着腰看地上衣着破烂、黑不溜秋、瘦得皮包骨头的我,问,嘎子,不回家,在这儿捣什么乱?

我抬起头,问他,叔叔,你是去东北吗?

你去干什么?

找我的爹娘。

在哪里?

东北。

东北哪儿?

不知道。

你怎么在这里?

他们不要我了。叔叔你带我走吧。

男人抱起我,说,好。

他在县城一个煤场开拖拉机,老家是吉林安图。他说,他正好也要回去,正好把我捎回去。下午就走。

我高兴得不知所措。县城还没有火车,要坐客车到兖州。中午在县城车站他给我买了一个四四方方包裹着牛皮纸的东西,他揭开来露出焦黄油亮的表皮,递给我说,吃吧。我问他,这是什么。他说,叫面包。我接过来轻轻地抿一下面包的角,一股从未尝过的香味立即在唇齿间弥漫开来。

那是我第一次吃这种叫面包的东西,也是我吃得最久的一个面包。我抱着它,护着它走在火车的车厢里,多好啊,多香甜啊。况且那个男人还告诉我到了东北,面包多着呢,让我吃个够。我伸长舌头舔食粘在腮帮上的面包末,我的眼前拥挤混杂的陌生人都变成了香喷喷的面包。我大脑里飞快地念着以后再也不喝稀糊糊再也不啃硬邦邦的黑窝窝头了。

走真好,走了就有那么多的面包。

那是我第一次看到火车。轰隆隆的庞然大物在我七岁的眼里是多么的不可思议啊。和我同岁的那些娃子还只会和稀泥过家家,他们连火车是什么都不知道,我却正坐着它呢。我在站台上东张西望,好奇地蹿进火车门。我无知地指着里面一排排的车座问他这是什么。他呵呵地笑,说到了东北,比这好玩的多着呢。我如此地不可言说地兴奋。我把面包放在胸口上左手小心地护着,他牵着我的右手走过一排排的塑料座子,把我放在一个靠窗口的位置。他坐在我的旁边,笑呵呵地看我。

火车驶了三天,最后在一个叫安图的小县城下来,我的面包却只吃了一半。

安图,吉林省东部的一个小县城,人口不到一万,背靠巍峨的大山。山上植被浓茂,山顶是一处断崖,非常的陡,山半腰有一个小瀑布,水是从一个山洞里流出的。山脚就是县城,楼房依山而建,参差不齐,倒也很有韵致。

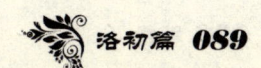

他领着我走到一个刚盖的瓦房门前。一个肥胖的妇人迎出来,摸摸我的头,转身对那个男子说,这孩子不错。来,屋里坐。

妇人把我们让进屋。应该是一个很富裕的家庭,院子很干净,铺着清沙。大门后边有一个扎着小辫的大约四五岁的小丫头正坐在地上数着什么,看见我进来,好奇地看我。堂屋摆着一台黑白电视机,一个藏蓝色的长条沙发,铺着红砖的地面,刚刷的白墙,正北挂着毛主席的肖像,西墙有刚贴上的年画。我拘谨地缩在屋子的一角。这时那个男子和妇人走进了门口挂着粉红色碎花的布帘子的里屋。

男人说,你不是要我给你买个儿子吗?这孩子说要来东北找爹娘,我看是一个走失的孩子。你看眉清目秀的,就给你带来了。

妇人掀开门帘又打量了一遍,问,你确定没人来找?

男人说,大姐,你放心好了。我办事你还不放心吗?这么着吧,我千里迢迢地给你送来也不容易,你就给我五百块钱吧。

妇人又打量了我一遍,问,他没问题吧?

男人朗朗地笑,我的大姐啊,我什么时候骗过你呢?

妇人说,好。

就这样,我被这个男人卖了。我的身价是五百元。

许多年以后,我常常想起这个男人,我一点也不恨他,甚至很想他。我常对十五说,他妈的有一天我要是遇见他,一定要请他喝酒。

十五呵呵地笑,说,对,他要是不把你贩来,你可能还没有走出那条路就饿死了。

我说,对,如果没有他,我怎么能遇见你呢。

十五接着说,还有蓝。

可是我一直没有告诉过任何人,包括十五和蓝,他们都不会想到,我在那个家享受到了什么,又遭遇了多少不可思议的事。

5.妈妈说我们会永远在一起

那个肥胖的女人叫鱼禾。

她伸出巴掌大的手掌用力揉搓我头上的几绺黄毛,龇着焦黄的大门牙让我喊她妈。当时她手里拿着一个黄灿灿的面包,手指着木桌子上的几颗糖果。说,叫妈妈,这些就都是你的了。

我想了想摇摇头,也不说话。在我短暂的记忆里,我的脑袋里没有妈妈这个词。对于沂蒙山坳里他的妻子,我从来都没有叫过她什么。她恨我,到今天垂暮的时节也死死地认为是因为我的出现,才害死了她的孩子。她在家里做饭洗衣服不是给我,是给她的丈夫,她亲生的儿子和女儿。我在那个家是一个乞儿,每天我都低声下气地在她面前走过。如果不是因为他一次次的坚持,我可能不到七岁就夭折了。

他应该是爱我的。

他把我从风雪中抱回去的时候,他已经爱我了。在我七岁之

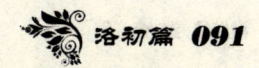

前的意识里,只有他是我唯一的亲人。我也爱他,并不计较他把我吊在树上狠狠地用鞭子抽我。他是没有办法,他上哪儿去找二百元钱呢,他怕我被大山家的害了,只有闷着气狠狠地打我。我七岁应该还不懂得什么,可是幼小的孩子是纯洁的天使,天使的眼睛可以穿过遮住人之本性中的那一缕凡间的布衣。我看见了,当他紧闭着眼抽我的时候,他的五脏六腑瞬间破裂,黄色的胆汁,绿色的胃液,还有红色的血液都争先恐后地跑出来,那是黄河决了堤,军营乱了阵脚。

我只有他一个亲人,其他的便都不是。所以我凭什么要喊你妈。面包很好吃,糖果我从来没有尝过,可是我不会叫你妈妈。

她使劲地揉我,最后变成蹂躏。我还是摇头。她显然是生了气,冬瓜大的胸脯起起伏伏。她的门牙龇得更长。最后她的巴掌落了下来,重重地扇在我的左耳上。

太阳已偏西,红砖垒砌的高高的院墙在屋门口投下阴暗的影子,几只小雀儿正在清沙里翻找小虫。那个独自玩耍的小女孩朝我走来,她穿着草绿色的确良裤子,粉红色方格的短袖衫,扎着两个小辫,头发梳得整齐油亮,额头上渗出了晶莹的汗珠儿,粘湿了几缕刘海儿。她有着好看的圆脸,小巧的鼻子,眼睛很大且亮,脸上应该是涂了胭脂,红润润香喷喷的。

她迈着小步走过来,走路歪歪扭扭的。她赤着双脚,脚趾缝里塞满了细沙。她走到我的左侧,伸出玉葱似的小手拽了拽我的衣角。

哥哥,哥哥,你陪我玩好不好?

鱼禾看着她的女儿,突然笑吟吟的,手落了下来放在腿侧在空气中抓了抓。她摸着小女孩的羊角辫说,这是你的妹妹,蓝。

蓝。我喊她。这是我到他们家第一次开口说话,因为我忽然有了一个这么可爱的小妹妹。

我问她,蓝,你叫什么?

蓝指着我对她的妈妈咯咯地笑,妈妈,他问我,蓝,你叫什么。

她的母亲,也即将是我的母亲的那个女子也笑起来,伸手轻柔地抚摩我的头。蓝,这是你的哥哥,洛初。

妈妈,我和哥哥出去玩好吗?

她说,好,当然好,以后你们可以永远在一起玩。

蓝牵着我的手,说,哥哥,走。妈妈说我们会永远在一起。

我僵硬地笑。我说,好,蓝,咱们走。

那年蓝只有四岁,是他们唯一的女儿。她的父亲那时还在县中心小学教三年级的语文,一个戴着眼镜黑黑瘦瘦的男子。她的母亲是校长。两个人结婚已有十年,却一直没有生育。直到四年前才有了蓝,却是个女子。这些年来她已对自己彻底失望,知道自己可能永远也生不出儿子了。丈夫是独子,怕绝了后,便托付远在山东的远房表弟。我便来了这里,于是我认识了蓝。

我住了下来,但是还是不愿意喊她妈妈。她也不再勉强。丈夫

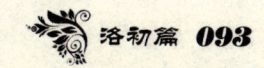

对她说，长大懂事就好了。是你喂大的，就是狗也会摇摇尾巴。她便不再做声。

我平静地在这里吃饭，上学，睡觉，还有就是和蓝的朝夕相处。

我以为我会这样一直地过下去，直到真正地融入这个家庭。有一天，我会很亲密地喊她母亲，叫他做父亲。然而这一切直到我十四岁那年冬天的晚上，我知道我的生活又要乱了。

起因是他和她一次次的吵架。那些吵架的内容后来成年后我才明白，他们无数次地争吵，只是因为他没有了性能力。

那些日子，她一遍遍地骂他"没有用的东西"。他开始不吭声闷着头喝酒，任由她无休止地咒骂。他的火腾地上来，冲上去揪住她的衣领。她要比他重得多，他提不起她，便把她扑在地上，随手在旁边抓起一件物什就狠命地砸。但是他从不砸她的脸和四肢，他砸她的肚子，砸她的后背。他们都是教师，她还是一校之长，他们还需要那么多遮掩着的面子。

有时我和蓝就在家里正在吃着饭，他们便忽然打起来。蓝却没有像别的女孩子那样害怕地躲在我的背后。她一点也不害怕，反而走上前，仔细地看他们的打斗，直到看得眼都累了，然后回过头继续吃饭。

她总是被打得坐在地上一宿不动。她在黑暗里呜呜地哭，却不敢再骂他。等他出了屋，她朝着他的影子吐一口唾沫。

她说，哪天，我会折磨死你。我让你永远也抬不起头。

然后她看我,说,洛初,来扶我。

我走过去,她揽住我,说,初,陪我会儿好吗?妈妈害怕。

我老老实实地趴在她的怀里,鼻子和嘴贴着她丰满硕大的乳房,嗅着阵阵醇厚浓郁的乳香。

无数个夜色里,我在她的乳香里安然入睡。

6.疼痛却必须忍着不要吭声

那天蓝去了姥姥家,大约明天才能回来。蓝父亲的学生面临期终考试,他一直待在学校里好几天没有回家。

我已经在附近的中学上初二。早上七点起来,她已经熬好了大米粥,还特意给我煮了两个茶叶蛋。他几天没有回家,她的心情似乎很好,叫我起床,给我端来洗脸水。我洗脸的时候她殷勤地站在一边给我递肥皂、毛巾、牙刷、牙膏。

她说,洛初,中午下了课,记得赶紧回来。我做好饭等着你。

我坐在桌子上吃饭的时候,她坐在我的身边,双眼温和地看着我。初,你真的长大了。你都可以吃两碗米饭了。

我抓起书包出门的时候,她又跑出来送我。初,你慢点跑。小心路上的车子。

我回过头说,好,你回去吧。

其实她年轻时很漂亮,可以说在安图是少见的美女。十多年前

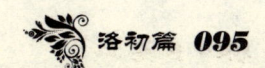

她的老家是在河北易初,后来搬到青岛,再后来,一个人来到这里支教。

那时她还年轻,怀着为祖国献身的精神,深情地投入这里。

后来她嫁给了现在的这个男人。

再后来又怀了蓝,却又难产。产下蓝后,她的命险些失去。出了院便成了这个样子,体重增加了三倍,皮肤松弛泛黄,原本煞白的面孔上也爬满了蝴蝶斑。

在以后的几年里,因为工作表现突出,她又被破格提升为小学的校长,也算实现了当初来时的梦想。

如今许多年过去,她的学生换了一届又一届,她还是在县中心小学做着校长。学校因为她的管理突出很有业绩,教学质量在全县一直排名前列。蓝已在那里上三年级。她在学校里一直都是受人尊重,每个人无论是老师还是学生,看到她都会立直身子,问一声"您好"。她外表冷漠,从来不见她有笑的时候。她不能笑,笑就失去了校长的威严,没有威严又怎么能有严格的管理?

她嫁给他,后来对我说是因为年龄大了,再不找个男人,怕以后连这样的都找不到了。我却一直不相信。她那么出色的女子怎么会甘心嫁给他这样毫不起眼其貌不扬工作也不突出的男子呢?

她有她的苦衷,但是她却无处倾诉。在她最苦闷的时候,她看到了我。我长大了,已经像个男人了。十四岁时我已经比他高过一头。他从小就有点驼背,所以显得更加矮小。

她毕竟也是一个女人,一个各方面正常的女人。她事业上再怎么成功,她也不能没有男人的浇灌。然而在她生下蓝之后,他那方面便不行了,怎么弄也抬不起头。她试过各种稀奇古怪的法子也无济于事,甚至她都放下了一切的外表遮掩的自尊,她用嘴辛苦地舔食,刚要硬起来,却又一泻如注。

几番尝试后,她彻底对他死了心。有时候她甚至后悔自己是一个学校的校长,如果她只是家里的一个妇人,她就算出去偷男人,大不了落个不好的名声。可是现在先进教师、先进劳模等等光环紧紧地缠着她的脖子。那么多高高的帽子戴在头上,她真的累了,却已不能推卸。

她不敢想象,开始靠着性爱支撑着的婚姻已经塌了,再也垒不起来。如果这时再失去校长的职务,她活着还有什么意思呢。家是不能回了,因为那里有她的妹妹鱼蔓,已经是她妹夫的栈仓。

她不能回去。当鱼蔓和栈仓走到一起后,她就把生她养她的地方彻底地忘记了。生生地勒断了四肢,疼痛却必须忍着不能吭声。

她咒骂他,越来越瞧不起他。他也越来越厌恶她,骂她是个婊子、十足的贱人。最后白热化时他们便扭在一起疯狂地厮打。

这样的日子无止无息,可是一旦走进校园,都还要扮出十足的圣人样。他们是园丁,他们可笑地背负着祖国未来的希望。

那天快中午时,下起了雨。

我一路疾跑,身上沾满了泥水。回到家,她急忙给我找换洗的

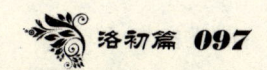

衣服。我甩掉灌满了雨水的球鞋,跑到里屋拉上帘子,把身上湿漉漉的衣服都脱了下来。

我喊她,我的衣服呢。她一直就站在外边,听到我喊掀开门帘便走了进来。

屋里光线很暗,她应该是看到我的身体赤裸着。我伸出手接过我的衣服。我说,你出去啊,我要换了。

她却站着没有动,目光呆滞。我说的话她似乎没有听见。

过了一会儿,她才缓过神来。初,来,妈妈帮你穿上。

那天她化了妆,可以清晰地辨出涂抹胭脂的痕迹。她走近我,双手开始颤抖。最后她的手落在我的头上,就像当初我第一次来时,她抚摩着我的头说,叫我妈妈啊。

我赤裸着身体面对她逐渐滚烫的瞳仁。她的手抖得更加厉害了,目光开始游离不定。十四岁的我还不懂得她在寻找什么,还有为什么她的手心开始火热。她突然像变了一个人,她的眼睛最后死死地盯在我的下面。她的呼吸开始粗重,胸口起伏得比吵架时还要厉害。她的手慢慢地滑下来,落到我的肚脐时我猛地握住了她游离的肥胖柔软的大手。

妈。我突然喊她妈。我惊愕着我刚才吐出口的那个字。我第一次喊她妈。

她抬起头,面部像熟透的柿子,一直红到耳根。

我不知所措地僵立在那儿。我按住了她停在我腹上的那只手,却忘记她的另一只。

那天她穿着酒红色上衣,里面一件绿色方格小夹袄。她的手缓缓解开了上衣的黑色扣子,夹袄的小拉链。

她的手终于扯掉了身上所有的衣服。她在我的面前裸露着她浑身因肥胖而下坠的肉体。她肥大丰满的乳房,她郁郁葱葱的私处。狭小的空间飘荡着令人窒息的复杂荷尔蒙的气味。

我伸出双手捂在嘴上。

她的另一只手便离开了我的手心,一下子握住了我下面羞耻丑陋的器官。

她牵着我躺到我的床上。

她喘息着说,来,初,来,初。

她粗暴地在我的身上扭动。

她喘息着说,初,听话,听妈的话好吗?

她把乳房按到我的嘴上。

初,来,这样好吗?

第二章 紫色耳环

1.烟火盛开,落了一地爱

东北小镇的四月烟花节。

四月,这里的冰雪终于开始融化,山顶上原野上的皑皑白雪,斑斑驳驳地露出黑色的肥沃土壤。这里的土地终于开始复苏,玉米地里的过年旧茬子已经被人刨了出来,散乱地晾在田野边的小道上。这里的春天终于有了生命,枯萎的草丛里开始冒出崭新的嫩黄的芽儿,山坡上的松树林不再乌黑一片,开始泛绿。另一种山野里最耐苦寒的胡杨的枝条也幸福地舒展开来。

东北大山里的春天来了,一年一度的烟火节也到了,每年这一天,等于南方正月十五的元宵节。晚上一家人围在一起包汤圆,买来万紫千红的烟火,长长的盘成圈儿的鞭炮,小孩子在大街小巷里疯狂地追逐。

大门口都挂上了红彤彤的灯笼,门口的墙上挂着精致的金黄色小香炉,里面放着软软的麸子,插着大把的檀香。香烟缭绕,随着清凉的春风在城市的上空游荡。

上了年纪的老人在晌午时聚集在大山的脚下,瀑布飞流而下冲击成的深潭边。在午时搬上红木的长条供桌,上面摆着整鸡整鱼,丰盛的四季水果,精致的点心,滚热的盛在青瓷碗里的汤圆。四个赤着肩膀的东北小伙儿抬来一头褪了毛的肥猪,放在潭水边上。

大的紫铜香炉,手指头粗的檀香。他们以虔诚的心敬畏站在上空的神灵,祈求他们保佑这一年的风调雨顺,国泰民安。

我曾和蓝偷偷跑到山顶,躲在岩石后头偷看他们跪拜的样子。匍匐一地的信男信女一次次地向我们的方向叩拜。蓝手里拿着随手折来的枝条,笑得随风乱颤。蓝说,洛初,你看啊,他们向我们磕头呢。我歪着头,在脑海里苦苦描画神灵的样子。

鱼禾一年一年地老了,还是不放过我。每当蓝和她的丈夫不在家,她都会急迫地找到我,让我听她的话。

她说,初,来。这儿。

我从来没有反抗过。我并不感到什么,意识里她已是我的母亲,她所做的可能是疼爱我的另一种方式而已。我再也不感到难受和羞耻,过早地尝试只是成长的一种铺垫,她让我过早地成熟。

我也应该是爱她的,虽然她是那么的肥胖和丑陋,脸上还长满了褐色的蝴蝶斑,但是她让我苦闷的少年有了无穷的快感。那些瞬间她是那么的柔和妖媚,她莫名地朝我微笑,她想尽法子讨我的好。吃什么穿什么想玩什么,我要的东西她从来不会拒绝。

有一次,她说,初,我真还舍不得你了。

我不回答。这些时候,我沉默得像块木头,我听任她的摆布。

她费尽心思地与我亲近,自然便疏远了蓝。可是蓝从小便不是一般的孩子,她适得其所,不用再受她的约束。她开始经常很晚才回来,鱼禾却也懒得去问。她听任自己的女儿在城市的散乱的角落游荡,她听任自己的女儿的学习成绩一跌再跌。

这样的日子一直安静地过了三年,在我十七岁的时候。

那年,蓝十四岁。

那天晚饭后蓝叫我去山顶上看夜晚的烟花。

在落日的余晖中,蓝站在安图火车站的水泥栏杆旁,望着绵延南下的铁轨。蓝特意选了一件紫色碎蔷薇花图案的粉色到膝长裙,赤脚穿缀着水晶珠子的浅蓝色休闲鞋,戴着母亲的紫色水晶大耳环。

蓝朝我挥手,指着南去的铁路,问我,洛初,远处是什么?

她已经长大,似乎好久已经不再像儿时亲热地喊我哥哥。小时候的她常拉着我的手怯生生地问我,哥哥,陪我玩好不好。

现在,她直接喊我的名字,像她的母亲鱼禾那样。

洛初,来。

浅紫色的晚霞弥漫在车站上空,绛紫色水晶圆形耳环挂在她红

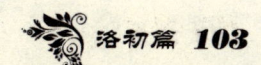

润的耳垂上,空中的气息是她乌黑发丝缠绕出的温暖。

每年的这天,蓝都会要我陪她爬到山顶看城市上空盛开的烟花。夺目的色彩就在我们的眼前砰的绽放,蓝睁大了眼看着耀眼的流光溢彩的画面。如此的近,熄灭的微小尘埃在我们身边纷纷落下,落在蓝乌黑的发上。

今天,她特意把长发束在一起,用浅蓝的丝线松散地扎起来。发过肩下,发的缝隙里落满了灰白的尘埃。

蓝一点也不去在乎这些,而且非常喜欢。她说,看见的不是绚彩的烟花,她关注的是烟花凋谢的瞬间。她迷恋尘埃变幻的温度。

蓝色,紫色,深红,黄色,亮白,一朵朵的芍药花儿在我们眼前竞相开放,如此地肆无忌惮,没有规则。

无数圆形的光环在星辉和月光的爱抚下不舍地缓慢消失。

我们肩并着肩站在青色的岩石上,观看城下狂欢的人群,目光同时在南下的铁轨上定住。有点点黄色亮光的火车轰隆着从北方驶来,在小站稍稍停留,继续南下的旅途。

洛初,有没有想过离开。比如坐在这列有温暖光泽的火车上。

为什么要走呢,到哪里都是一样的。这里很好啊。

可我已经厌倦了这里。

可是你还需要上学。你要把学上完,然后去远方的城市继续深造。

可是我已经好久不去学校了。蓝向我摊开双手。况且我已经偷偷攒了一些钱,够我们在路上用的。

蓝,真的要走吗?

是。

可是我不想走。我想起我的七岁以前,那些连稀饭都喝不上的日子。我习惯了现在的丰衣足食,虽然这里还不是我的家,但是我懂得知足。

我知道你为什么不走。蓝冷冷地看我。有一个暗红的烟花在耳边盛开,声音异常地响亮。

我没有听见她的话。我大声问,什么?

半空中的烟花此起彼伏,声音震得耳膜轰隆作响。

蓝把双手围在嘴上,朝我大声地喊,你是舍不得和她一起在床上翻滚的日子吧?

月光下,不知谁家的大红灯笼离开了束缚的缰绳,缀着黄色丝线的穗子随风舞蹈。

它以孤独的姿态欢快地摇摇欲坠地在纯洁的夜空中飞行。

2.在雨中双双死去

五月初。

院子里落了一地洁白的槐花,散发出一股股幽幽的芬芳的气息。

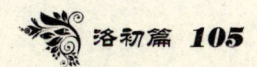

我关上厚重的木门,铜质的门环叮当作响。我走的时候再次回头看了一眼这栖息了十年的家门。蓝背着一个大包,跟在我的后边。

洛初,走啊,火车要开了。

四月的时候,蓝要我和她离开这个家,我没有舍得。

可是现在,我不得不离开。

蓝穿着灰白的牛仔裤,墨绿的纱纶上衣——是她十四岁生日时,鱼禾在商场花了六百元买的。当时我也在,鱼禾问我,你知道蓝喜欢什么颜色吗?我指着这件墨绿色的紧袖纱纶上衣说,或许是这件。

为什么,颜色太老气了。

不。我指着胸前一朵盛开的白色芍药花。在衣袖和衣服的前襟上落满了芍药花瓣,粉红、鹅黄、银白的枯萎的花瓣。我说,她喜欢这些。

鱼禾不做声,默默买下它。

回去的路上,她说,你知道吗?蓝长大了,昨天她来了例假,第一次来。可是她却没有告诉我,而是偷偷拿了我的卫生巾。她越来越疏远我,看着她已经感觉她不是我生下的孩子。

东北的天热得很快,刚刚化雪,厚衣服就穿不住了。我把外套脱下,挽在手里。里面穿着红色的毛衣,前胸用针钩成水的波浪起起伏伏,是她给我织的。她停下步子,给我整理毛衣翻卷的领子。我戴的那颗天珠石被带了出来。她放在手心上，看了一会儿，又给我放进衣领。她不止一次仔细地端详过这颗珠子，脸上挂着莫名其妙的笑容。

你见过这个珠子吗？

没有，只是很面熟而已。她说。

继续低着头走路。只是我没有想到这是她最后一次替我整理衣领。

第二天。

一场雷雨呼啸而来。她在回家的路上遇到暴雨，急急忙忙地朝家里奔，经过学校西边的小菜市场时，一个响雷轰的一声在她头顶炸开。耀眼的闪电迅速从她的头顶插入。她还没有倒下，已成了一堆焦黑的、腥臭的干柴。

我亲眼见到这一切。从开始到消失才几秒钟，她突然就没了。我是要给她送伞的，手里拿着的伞滚在了地上。明明看见她朝我跑来，突然就不见了。

我踉跄着跑上前，抱住那块燃焦了的躯体，不知道该怎样地哭，只是傻傻地跪在那里。

蓝远远地跑来，站住却没有过来。

蓝看见了她穿的那只白色的鞋子，她知道我抱的是她的母亲，她却不过来，惊恐地看着那具焦黑的尸体。

她忽然嗷的一声转身逃开。

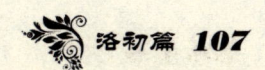

洛初篇 107

我把她抱回家推开门的时候,那个瘦弱的他看见她然后一屁股坐在地上,眼镜摔得粉碎。他趴在地上找,摸索到眼镜框又扔在一边。

蓝不知又从哪里跑了回来,浑身都已湿透。她确实长大了,俏丽的小胸脯呼呼起伏着,雨水打湿了白色的上衣,紧紧地贴在细嫩的肉上。她的头发留得很长,被雨水刷成了一缕缕的,浓密如深海里的海藻。

蓝扶住门框,喘着粗气冷冷地看我。

报应。她突然朝我喊,这是和你睡觉的报应,这是她活该。

这是她活该。她发了疯地朝我吼,像山野里饿昏了头的狼。

男人忽然站起来,眯着小小的眼睛看我,脸部渐渐扭曲。外面雷声大作,暴雨倾盆。他猛地像一只瘦骨嶙峋的熊一样冲上来,骨节清晰的巴掌朝我脸上扇来。

他太瘦弱了,况且眼睛不好,我歪了歪头,他的手落到我的耳朵上。我感觉轰的一声,然后看见他倒在我的脚下。

他的嘴里缓缓流出一股血丝。

他死了。

如此容易,如此简单,如此地悄无声息。

蓝一直扶着门框,安静地看这一切。她的姿势一直没有变。

以后的几天,蓝一直没有和我说话,连一眼也不看我。我忙着处理他们的后事,也无法顾及。

跪在他和她的坟前,蓝盘着腿坐在离我一步远的地方。我给他倒上一杯高粱酒。我说,安息吧。你恨我就恨吧。

他一直弯着腰生活在我的记忆里。他那么的瘦弱,他的黑边眼镜,他喝醉酒后朝她吼,他在黑暗里躺下,他的生命并最终在我视野里消失。

他,如此地陌生,以至于今天我已记不得他的名字。

他是无辜的,他的死我无话可说。可是我呢,没有人来告诉我。那年我只有十七岁,十七岁,应该正坐在教室里上课,应该刚刚开始蒙眬的爱情,应该还会在母亲的怀里偶尔撒一次娇。可是我呢?

我问蓝,我的十七岁为什么是这个样子?

蓝笑笑没有回答。蓝也不知道,她才十四岁,她前天刚刚来了少女的例假,她刚刚要变成女人。可她也还是一个孩子,只是她不爱说话,至少不爱和她的父亲母亲说话。她是一个孤立的孩子,他孤立她,我们也无形中孤立了她,于是她便在这种孤立中长大了,所以她应该这样。

她应该这样,她没有选择,她无法改变她身边的一切。

我想着改变,然而他们却都死了。她说,一切都是因为我。

好,都是我的错。那好,我也坐在这儿等着报应吧。

可是她站起来,拍拍屁股上的青草叶。

洛初,这回我们可以走了吗?

坟前的石板上摆着素菜,果子,鱼,一壶高粱酒和一把燃着的

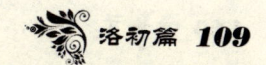

檀香。我趴在青草地上朝他们磕头。

我说，谢谢你们十年的养育之恩。以后儿子要是发达了，一定给你们好好修饰一下。求你们保佑蓝一生平平安安。

你们安息吧，儿子每年都会来看你们的。

蓝也跪下来，从脖子上取下一个东西，把它捧在手心里祷告。

你们放心，洛初是个好哥哥，他会疼我的。她笑着说。

蓝把手敞开，我看见了一颗棕色的珠子，也是用红丝线穿着，也有着九眼的花纹。除了她的小一点外，和我脖子里戴的一模一样。

雨昨天夜里停的，阳光照得眼睛好疼。

3.谁是谁的乘客

人生若只如初见，你是我的过客，我是你的乘客，到站了下车。

列车缓缓在站口停下，看见绿色车厢上印着"延吉－北京"的血红大字。

蓝在火车没有到的时候说，下一列火车去哪儿，哪儿就是我们的终点。她今天精神不错，容光焕发的样子，长发束成了马尾，背着包，站在站台上的时候，我都以为她要出去旅行的，看不出流浪应有的彷徨与无奈。

蓝执意要走,一刻都不要再待在这里。

在车上服务处补的车票,是 53 和 54 号,靠近车厢最后厕所的位置,飘浮着污浊的空气。我走近忙掩起鼻子。蓝却似乎没有闻到,一屁股坐在藏蓝色的塑料硬座上,把包放在膝盖上抱住,抬头瞪着眼看我,坐啊,怕扎屁股啊。

列车开始启动。

我默声坐下,把脸贴在车玻璃上,看外面逐渐远去模糊的城市安图。雄伟的大山一直没有名字,飞流直下的瀑布永不停息,千年的深潭幽绿没见过底。半山腰里一大片松树林遮掩着的坟地,那里埋着他们的骨灰;四万多人口的古老县城,层次错落的黄色楼房和青白色的平房,尖顶的红瓦房;郊区的茅草屋;城市中心笔直的刚刚铺上沥青的马路;四层的县政府办公楼;还有旁边她生前执教的小学;他一直在那儿工作的中学;树立着高大烟囱的钢铁厂、化工厂,还有私营的小石灰厂……

它们渐渐地模糊了。

蓝四处张望,看着这么多陌生的人。她是第一次坐火车,小小的桌子上铺满了女孩子的小物什,扭在一起的小兔子,护手霜的瓶子,还有各种颜色的丝巾。

我眼里浸满了泪水,一触即发。伸手按住军绿色的小背包。里面有我和蓝全部的资产。现金两千六百四十五元,还有两张存折里面有他们两人这些年存的十几万元,都填的他的名字,我们也无从得知密码。

没想过去找政府解决，只是想着把它们带上了，心想也许以后能取得出来。

在人来人往的厕所旁终于沉沉睡去。蓝把脑袋耷拉在玻璃上，随着车摇晃。我一只手紧紧地按着大腿上的包，另一只手挽住蓝的脖子，然后让她靠在我的肩上。蓝似乎半睡之中，嘴里呜噜着不知说了句什么。

日头西去。

车厢里忽然一阵骚乱。我睁开眼看见一个和我年龄相仿的男孩正和一个乘警争吵。蓝也醒了过来，问，怎么了。

我说，他可能是没有买票。

那个男孩子浓眉大眼，操山东口音。我想了好久才想起是我七岁以前住的地方的方言。

他看见了我们，笑嘻嘻地看着蓝。蓝把手伸进口袋，掏出一张车票扔在地上，再用手肘捅捅我的肩膀，用眼角扫一下地上的票。

我明白过来，指着票大声地朝乘警说，哎，这里有张车票，是他的吧。

那个大男孩甩开乘警的手，捡起票在乘警面前得意地晃了一下。

大哥，我说我买了票你还不信。你看是吧。

乘警奇怪地捏着票看了看，转身走开。

蓝在一旁趴在我的肩膀上不住地笑,紫色的水晶耳环闪耀着高贵的光芒。

那个男孩子走过来,朝我伸出手。谢谢你,我叫十五。

我指指蓝,不用,我叫洛初,你应该谢的是她。

十五盯着蓝依旧笑吟吟的脸,目光落在了摇晃的耳环上。

你的耳环,是哪来的?

漂亮吗,是水晶的。蓝说。

不是。我能看看吗?

为什么要给你看?

我只是想知道上面是不是刻着两个字而已。

蓝好奇地摘下来。我探过头。

阳光正好从窗口射过来,照在亮晶晶的耳环上。

确实有两个字,很小,我辨认出是"豢喜"。

豢喜,什么意思?蓝问十五。

十五目不转睛地盯着那两个小字。

豢喜,那是我奶奶的名字。

4.陈年的血迹

十五抽烟的姿势瞬间击倒了蓝的七魂六魄,更绝的是十五的酒量让所有在三里屯酒吧里的男人们心服口服。

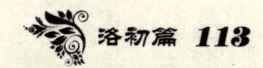

蓝一直很内向,始终沉默不语,可是在遇到十五后,她无聊的话开始滔滔不绝,翻江倒海的姿态让我由惊异变为嫉妒。和蓝相处了十年,她最经常说的一句话就是喊我,她七岁以前喊我叫哥哥,声音是稚嫩的,清脆悦耳;七岁以后到今天,她就直接喊我洛初。

洛初,来,上这儿,干那。语调冰冷寂寥,如半空中的烟花砰地绽放,又立即掉落一地灰尘。

那一直梦寐以求南下的火车给蓝带来了十五,她兴奋了,少女娇嫩花蕾的柴门幽幽打开,绿色叶子的气息,新鲜潮湿泥土的气息,小动物蟋蟀、蚂蚱的气息,靓丽花蕾清新的气息,薰衣草的花香,芍药花瓣的凛冽,牡丹花蕊的瑞气,三色堇的芬芳,翎子花的寂寥,还有栀子花的纷乱。它们好像约好了似的,一齐在蓝的花舍里盛开。如此地肆无忌惮,如此地不顾时节。秋天的芍药在五月开了,已经败了的翎子花忽然又苏醒了,荼蘼也乱了自己的规律。

蓝于是在自己种植的花的香味里醉了。当十五抽烟吐出的烟圈在空中拼成一朵朵芍药花儿时,蓝终于崩溃,彻底地不省人事。

在北京西站下了火车,十五的一个朋友在站台外边接我们,然后坐公交换了几路终于在一个叫三里屯的地方停下。三里屯大街小巷遍布的酒吧让我和蓝目瞪口呆。十五已经预先租好了房子,在偏僻的老巷子的尽头,是低矮破旧的四合院里的一个偏房,只有十平方米。我们买来蓝色碎花的布帘子隔出两个房间,蓝的在最里边,我和十五睡在门口。只有一张破旧的不知哪个年代的老木床,还断了一条腿,我和十五从小巷里一户正在装修的人家门口偷偷抱来几块砖,垒起来当腿。这床当然让给蓝,一、她是女的;二、她最小。我当年十七,十五是十九,比我大两岁。

我和十五没有床,也舍不得花钱去买,只好在青石板的地面上铺上一层塑料膜,再铺上褥子。但是地面已经好久没有整理了,高低不平的石板半夜总是把我们硌醒。蓝睡得倒还舒服,但是不敢翻动,一翻床一摇晃,砖就塌了下来。于是她养成了睡觉特老实的习惯,睡的时候什么姿势醒来还是什么姿势。

可是一夜,她忽然喊叫着爬起来,扑到我身上。

洛初,血啊,有血啊。

我和十五都恍然惊醒,问,哪里有血?蓝指指床上。

我和十五摸过去打开灯,将床上的被子翻来覆去也没有见到一丝血迹。蓝却不相信,真的,刚才我做了一个梦,梦见床上呼呼地向上涌出血来,我想起来,却不能动。

我和十五呵呵地笑着看蓝,不就是个梦吗?

蓝却依旧执拗地说床上真的有血。

我和十五睡得迷迷糊糊的被她的梦惊醒,已懒得再去找什么血,慢腾腾地走回去要接着睡觉。

蓝自己在床上摸索,最后把被子和褥子、床单都扔在了地上。

她爬到床的木板上突然啊地叫了起来。洛初,十五,你们看啊。

我们又爬起来走过去,于是看见了一大摊血。

是一大摊凝固的陈年血迹,在床头的黑色木板上洇了一大片,在床的中间和床尾也洒着大滴大滴的血迹。血早就干涸了,凝固成了黑色,可是依旧保持着触目惊心的姿态。

蓝慌起来,向我们的身上靠,先是在十五的身上靠了半天,又挪到我的身上。

十五,咱们把床抬给房东吧,总之是不能再睡了。

好,已经半夜,怎么也得等到明天早上。

蓝,要不你和哥哥睡在一块儿好不好。明天咱就把床搬走。我拍了拍蓝的脑袋。

十五看了看蓝,再朝我呵呵一笑,然后钻进自己的"小屋"里。

我拥着蓝躺在地上,一同盖着一床绿色的被子。蓝,睡吧。晚安。

我在黑暗里看见蓝的大眼睛忽闪忽闪的。蓝没有睡。我这是除了她之外,第一次和另外一个女子睡在一起。她那么的老,身上有股潮湿腐烂的味道,可是蓝又是那么年轻,身上有清晨露珠的气息,散发芬芳花儿的香味,然而她们还是母女的关系。

多少个夜晚,在安图的那张床上,我枕着她母亲的乳房入睡,今天我把她的头放在自己的胸口上看她入睡。

可是她始终睁大眼睛,不愿睡去。

洛初,你说那是谁的血啊。

呵呵,不要乱想啊,反正与我们无关。好,睡觉了,乖。

蓝是不乖的,我让她睡,她偏偏不老老实实地睡。她把手放在我的胳肢窝搔痒,我呵呵笑着,蓝,不许这样。

蓝更加放肆,挠我的脚心,脖子。

蓝,痒死我了。不要这样,不然我打你了。

蓝依旧不停,双手不老实地在我的身上乱摸。慌乱中蓝的手伸到我的下面两腿之间,忽然停了下来。

蓝,你干什么。我的声音很小。我的脸开始发烫,心口凶猛地起伏。

洛初,告诉我,这是什么?蓝贴近我耳朵边悄声问。她的手轻轻抚摸我的下面。

蓝,没有什么,睡觉了。我轻轻拿开她的手。我感到了熟悉的潮湿的空气阴险地向我袭来。

不要,洛初。你以为我真的不知道吗?我妈妈和你睡觉就是想要你的这个,她才不会喜欢你呢,她喜欢的是她亲生的女儿,是蓝啊。

蓝的声音渐渐大起来,我指指帘子那边十五的方向。听见十五翻身的声音,开始打起呼噜。

蓝依旧不听我的话。怎么,事情你都做了,还怕别人说吗。有种你当初何必去做。

我竖起耳朵,听见十五翻身的声音,并开始打起呼噜。

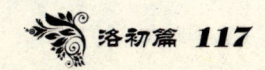

蓝,睡觉吧,我已忘了。

是的,我忘记了。从列车驶出安图的境界,当我再也不能从窗户里看见安图工厂的烟囱时,我已经彻底地把以前都忘记了。

我的第三次生命即将来临。

5.潮水的来临只是一瞬

十五的那个朋友在三里屯北街的一个 No.52 酒吧做店长,叫皋泊,高个瘦弱的男子,戴着近视眼镜,是上海师范学院的本科生,学的专业是个冷门:心理和哲学。这似乎和酒吧的经营毫不着边。可是他却一本正经地对我们说,不,是息息相关。

皋泊与十五认识是在吉林市的一个酒吧,是半年前,他毕业靠着父亲的关系到父亲朋友的酒店上班。先是从服务员做起,问好,打手势都要一丝不苟。喝醉酒的客人比比皆是,要时常忍受他们无聊甚至无赖的要求和谩骂。他要始终保持微笑,不能有一丝难受的表情。再跟着调酒师学调酒,怎样用零琐的器具,怎样地翻来覆去,怎样地花样百出来吸引顾客的好奇,然后让客人乖乖地掏腰包。

十五那时刚刚高中毕业,考取的是一所本地的普通大学。毕业后还是要自食其力,没有丰厚的分配保障,学的东西到社会上往往拿不出手。于是他当着父亲的面撕碎了录取通知书,母亲是盼着他上大学,为祖宗争一口气的,于是气得倒在地上骂他不孝的孽子;

父亲脸色铁青,跑到屋里闷着喝酒。

十五当夜便偷了家里衣柜里的五百元钱,连夜跑到了东北吉林姑妈的家里。姑妈是那种很常见的家庭妇女,姑父在市出租办里当不大不小的官,有一个儿子,才刚上幼儿园。姑妈很疼爱十五,把他当作自己的儿子来爱,姑父给他在出租办安了个工作,也就是给开车的师傅传个文件,跑个小腿。这样他认识了很多的哥的姐,加上十五说话漂亮,脑子伶俐,又是一个帅小伙儿,很快便和他们混得烂熟,开始经常出入酒吧、舞厅等灯红酒绿嘈杂纷乱的各个场所。这让农村里来的十五开了眼界,更重要的是十五的喝酒天才开始显山露水。

十五的酒量到底如何惊人,我还没有亲见。但是他告诉我,在那个常去的酒吧里,半夜时九个人中除了他都醉得倒在地上,只有他还在一杯杯地喝。反正是不需要他埋单的,乐得痛快。这时,角落里的两个青年晃悠悠地走到吧台前,要再调两杯酒。值班的正是皋泊,他细心地调了两杯"霸王别姬",那两个男子端过喝了一口忽然把酒吐在了他的脸上。

什么玩意儿。换一个。

皋泊便又调了一个"万花齐放",那两个人喝完接着同样又把酒吐在他的脸上,高声嚷着再来。

他妈的,你还想不想干,信不信老子砸了你的破店。

老板正好不在,皋泊操着南方口音,不知所措。这时十五大摇

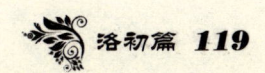

大摆地走过来说,我给调。

他慢悠悠地晃着杯子,两个小混混不耐烦地催促,你他妈的装什么逼。

十五依旧乐呵呵地摇着杯子。呵呵,大哥不要生气,一会儿就好。

十五一手摇着酒杯,另一只手抓起了吧台里面的玻璃酒瓶。

大哥,你喝。十五把酒杯递过去。

他妈的,要是还……

两个人话还没有说完,杯子里的酒已泼在两人的脸上。

你,你想死吗?

我不想,当然不想。十五回答着,手里的酒瓶已迅疾地砸在其中一个的脑袋上。

他无声地倒下,另一个匪夷所思地看着面前还有点稚气的男孩,惶恐地拖着同伙跑开。

十五的嘴角撇出一丝微笑,拿块纸巾擦拭皋泊脸上的酒水,向皋泊伸出手,你好,我叫十五。做个朋友如何。

皋泊高兴还来不及,欣然接受。你好,我是皋泊。以后经常来,你的酒水绝对半价。酒吧要是我的,全部免费好了。

两个磊落的陌生男子紧紧握手,时间在友情面前不得已地停滞不前,两人心领神会地哈哈大笑。

皋泊,以后有事就告诉我。你看看他们,没有人不怕这里的出租车司机。

后来,皋泊离开父亲朋友的这个酒吧。他也是一个向往自由的男子,不打算在父亲的庇护下生活。

他应该有自己的天地。他上学的时候便向往去北京闯荡,只因为听从老人的安排不得不前往吉林这个冰冷的城市。现在,他想去北京,感觉自己已经长大。

这年,皋泊二十一岁,唇上的胡须开始发硬,乌黑。

开始南下。到了北京在现在的 No.52 酒吧找到工作,也是从服务员做起,因为工作出色,兼之为人做事厚道实在,调的酒也招客人喜欢,对于闹事的客人他也有自己的处理方式,冷静而又洒脱,于是他三个月后便被提升为店长,经营掌管这里的一切事务。过得很累可是感觉无比幸福,他想做的一定可以做到。

这时,他给十五打电话,让十五来帮忙。

十五正好也不想一直在姑妈家里生活,痛快地答应。

他坐火车南下,然后遇到了我和蓝。

6.手太小,可能抓不住幸福

天没有亮,十五就把我叫起来,要我赶紧把那张床抬出去。

十五气呼呼地说,真他妈邪乎,我竟然也做了一个那样的梦,梦里全是腥臭的血,汹涌得像河水泛滥似的从床上淌下来,把我们

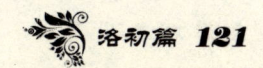

整个都淹了。

蓝也醒了,嚷着说,快,这床真的很晦气。

十五已经决定在 NO.52 酒吧上班,帮皋泊做琐碎的事情。他问到我,我说,在安图高中还没有毕业就来到这里,我什么也没有做过,但是认为什么我都可以做。

十五说,好,我来安排。

他在附近一家私营铜字标牌厂给我找了一个学徒的工作,一月三百元。我说好,总比做服务员强。我可以学到混饭吃的技术。但是做服务生我感到害怕,要一言一行,一丝不苟,要始终赔着笑脸,要卑躬屈膝,这些我当时都做不到。我不是瞧不起这个行业,我也不是担心他们的未来,只是因为那种平静的生活让我恐惧。

我要开始自己的生活,而这一切需要从小学徒做起,低着头听着师傅的教诲。老板是南方人,个子很矮,但是有一股生来的气势,威严,对手下的员工从不言笑。做铜字标牌是肮脏的活,经常得和硫酸、双氧水、甲醛打交道,双手没有任何保障,直接接触这些高腐蚀的液体,手指被一次次烧伤,蜕皮再生长。手上的皮肤泛白起皱,在天暖和的时候还发痒,是那种特殊的痒,不敢去挠,一挠就破皮流出黄色的脓水。

更苦的是整日在这样的环境里待着,造成了以后的皮肤过敏。如果一冲动或者天气太热的时候浑身开始针扎般疼痛瘙痒。

这病一直折磨我到现在,也无法痊愈。可是这样的日子我硬挺了过来,并且无怨无悔。

许多年以后,谁都会说,那些日子你真的没有白受。

在那个小工厂做了三年,学会了铜字标牌、户外广告、室内外装饰装修等各种从设计到施工的全部技术,这些为我以后的发展起到了重大作用。当北京城的铜字一百六十元一平方米时,在老家临沂的价格却是七百五十元一平方米;当北京城的户外喷绘广告牌铺天盖地地到处都是时,临沂人还都不知道这种技术,至于装饰的风格时尚更是远远不能比了。

至于蓝的去向,我和十五都认为她应该继续上学。我们打工挣的工资还有我带来的那些存款,应该够她上学的费用。我们要看着她考上大学,然后有个稳定的工作。工作很轻松,没有烦恼,并有丰厚的收入。

可是蓝不是一般的女孩子,她早就厌倦了学校的生活,骂现在的教育明摆着弱智,在这样的学校里只能学到愚蠢和懦弱,会磨掉人生来的锐气。所以她不愿意。

蓝的性格,我实在不敢恭维,只好选择让步。那你要做什么?十五问她。

听说在酒吧里有唱歌的女子是吗?我想去唱歌。也是很赚钱的。蓝说。

不要。我第一个反对。在我的感觉中,在酒吧唱歌是很低贱的事,化着浓浓的妆,妖娆的脸庞,纹着刺眼的眉。这些都不是我所喜

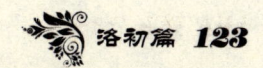

欢,甚至是无比厌恶的。蓝才十四岁,那么的清纯,她还是未盛开的花蕾,经不起风雨的摧残。

可是十五却不这样看,这样也好,早在社会上滚爬,对以后有好处。况且万一我们的大小姐成了名人,我们可就沾大光了。是吗,蓝?十五哈哈大笑。

蓝摇着我的肩膀。洛初,少数服从多数啊。我已经长大了。虚岁都十五了。

可是……

还可是什么,反正我不会去上学。你想看着我在大街上乱混,那你随便好了。蓝气呼呼地说。

是啊,洛初。没事的。也不是所有唱歌的都化浓妆啊。你看我们家的蓝一点也不打扮,可是一点也不比路上的女孩子差啊。再说,有我和皋泊,她又能惹出什么事来呢。十五看着我。

好吧,蓝。我看着已经长大的蓝。或许她是真的长大了,不再需要我的照顾了,她早就已经有自己的想法了。她想做的我只应该帮助她的。

好的,蓝。但是不能喝酒,也不要抽烟。

好啦,洛初,我听你的话就是了。

蓝真的是有唱歌的天赋,首先她站在舞台上,当耀眼的灯光打在她身上的时候,她终于找到了自己寻找了多年的感觉。她精心培育的花舍向众人开放了。

蓝在大陆和港台的女歌星里只喜欢两个,一个是妖娆的王菲,另一个是散发奶茶清香的刘若英。她在家里的时候,买了她们所有的唱片,天天听她们的歌,并天天一个人独自哼哼。以前真的没有想到,那些唱片没有白买,它们给蓝打下了坚实的基础。只要客人点出歌来,她随口就唱得出来,甚至不需要背景音乐。

真的,到如今我也没有遇到像蓝歌声这样清醇的女子。她喜欢清唱,静静的空气里,让她的声音缓缓地在空间里游走。所有的客人都屏住了气,竖着耳朵,瞪大了眼睛注视台上的蓝。蓝的歌声一夜间击垮了在这里娱乐的所有人。

一曲结束,便是真诚的震耳欲聋的掌声。蓝轻轻地说一声谢谢。

酒吧的生意因为蓝的歌愈加红火。老总亲自给蓝递过这一夜的工资,总共三百元整。是三百元,这可是我辛辛苦苦一个月的工资。我诧异地看着蓝手中颤抖着的三张百元大钞。

皋泊也过来,开着老总的专车送我们回家,当然是看在蓝的面子上。皋泊在蓝下车的时候摇开玻璃对蓝说,丫头,你是天生的明星。

蓝欣喜地搂住我的肩膀。洛初,你听见了吗?我是天生的明星啊。

我笑着向启动车子要走的皋泊挥手。谢谢。

不客气啊。

蓝,我有种预感。

什么?

你以后会有两种结果,一、你会很幸福;二、你会很不幸福。

蓝从舞台上的兴奋中冷静下来。蓝看着我,洛初,我知道你的预感很准。那你认为我会幸福吗?

当然,我们家的蓝是天下最幸福的女子。

五月的北京还是有点凉气,我把蓝拥在怀里以给她温暖。

在走到家门口的时候,蓝忽然把她的手伸到我的眼前。洛初,我的手是不是很小?

蓝的手掌确实比一般女孩子的要小,是娇小玲珑的。

可是,蓝忽然说。

洛初,我妈妈小时候对我说,我的手太小,可能抓不住幸福的。

在漆黑的夜里推开门,风呼地钻了进来。

第三章 蓝色戒指

1.这个世界不符合我的梦想

当我站在临沂市中心广场世纪城 B 座 27 楼的蓝色落地玻璃前,眼前是市人民广场的红色雕塑,是人来人往的地下人民商场,是刚刚建起来的 36 层的高级商务写字楼还有豪华的市建设银行总部大楼,是一个崭新的城市兴起的繁盛昌隆。

当我属下的大小公司遍布中国的大小城市,当我麾下的各层经理人有多少连自己都不清楚,当我的工资开始以一秒进多少万来计算。

当二〇〇四年的情人节这一天。

当我二十四岁的这一年春天,身边已经没有了蓝和十五。

那个叫梅如的女人走进来,我的办公室只有她可以不用敲门。她径直走到我的身边,顺着我的目光转向大厦前面的人民广场。今天是情人节,娇艳的玫瑰花铺满了广场上的鹅卵石小道,倒卖鲜花的小女孩挎着竹编的篮子,里面盛着一朵朵玫瑰,带着青葱的叶子。大街小巷里的花店挪到了广场的各个角落,向每一对走过的情侣吆喝叫卖。空气是芬芳的、甜腻的,气息是祥和的、暧昧的,路上的行人的脸色却大多是茫然的、陌生的、不满足的。

这个世界不符合我的梦想。

当所有的镁光灯对准我的时候,当世界各地的记者涌向我的时候,当大小电视台的名人采访节目直播时,当我回到沂蒙山区投资当地的土地时,站在高高的台上,在万人的眼前,我贴着冰冷的话筒时,我的第一句话是,这个世界不符合我的梦想。

于是议论纷纷,人群哗然。而我冷笑着站在一边,我保持沉默。

这个世界真的不符合我的梦想,因为当我拥有我曾经梦想拥有的时候,身边没有了蓝和十五。

我越来越不爱说话,是不爱和别人讲话。我经常地自言自语,或者对着一本书一张照片呢呢喃喃。我不是寂寞,我也不是忧郁症,是因为我已无话可说。庞大的集团里要说的话都有文秘早已写好,也有梅如替我宣布。大小的会议,拥挤的酒场她一个人乐得去面对。

她只让我做一件事,你是总裁,所以要少露面,少说话。

我说,好,我一切听你的。没有你带来的那一百七十万人民币,我何洛初就没有今天。

第一次认识梅如是在从东北回来的火车上,那时我和十五从北京回来已经两年,在临沂合伙开了一个小广告公司。生意还好,陆续有了自己的楼房,自己的车子。去一趟吉林,洽谈关于在吉林火车站楼顶做一个品牌酒水宣传的广告牌,一切都算顺利。当时国家已经规定不准在火车站、汽车站等人流量多的地方上方设置大型广告,可是我知道在某些机关部门里只要有钱就可以打通关系。

一切顺利,把广告牌建起来需要十万资金就够了,可是租给那个酒水商我的租金是每年一百二十万元。

在火车出了山海关时,遇见了梅如,她一个人蜷在火车的角落里呜呜地哭。一个漂亮的女人,一个人在火车上莫名地哭自然引起了我的注意。我靠近她,然后看清了她。桌子上放着一个红色的索尼牌子的手机,翻开了盖,彩色屏幕上写着我熟悉的电话号码:13231616835,是十五的电话。

女人抬起头,看见了我。我看清楚了她左眉毛中间的黑痣。好像十五向我提过她,家在青岛,开一个鲜花店,后来遇见十五,毫不犹豫地爱上他。十五离开,至于后来,她和十五众多的女人一样开了一家吉他店,名字叫"你那里下雪了吗"。

我说,你叫梅如,在青岛有一个鲜花店,还有一个吉他店。你在找一个叫十五的男人。可是当你走过许多城市后,你彻底失望,不!是绝望了……

然后她惊愕地看我。

我坐在她的一旁,歪着头看她因惊诧而扭曲的脸。我呵呵地笑。

从容地离开,便好久不再遇见。

可是在我回到临沂的四个月后,十五忽然携了公司的款不见踪影。他的手机撂在了我的办公桌上。当我惊慌地寻找十五时,他的电话响起,是悦耳的和弦铃音。

"喂,十五吗,我是芍药。我肚子里有了你的孩子。打算打掉。"

这又是一个可怜的女人。可是我却对着那个陌生的远方女子说,不要,我这就去接你。

我模仿十五的声音很像,相信她应该没有听出来。再说女人恋爱的时候智商一般都很低。

我要去接她,忽然去接一个陌生的女人,并且不知道她在哪里,多么可笑。

可是我找到了十五的记事本,里面详细记录着他的一个个玫瑰陷阱。什么时间,什么地点,怎样遇见,甚至怎样上的床,怎样脱的身。

我找到了那个叫芍药的女人。地址是西安临潼秦始皇兵马俑,一个导游小姐,联系号码也有。

好吧,就算这是一次旅行。银行的贷款快要到期,可是我已经是穷光蛋了。吉林的工程刚刚结束,酒水的款还没有打来,可是我做这一切的费用接近三十多万已经不见了踪影。钢材市场的欠款也快到期了,可是我除了变卖房产家当已别无办法。

十五为什么要携我的款而走,我已经猜到了大概。

好的,十五,我的朋友。现在我要去西安,领回你其中的一个女人,然后回来看着公司慢慢倒闭。

2.在那花田我犯了错

在北京的三年里,很少走出过三里屯。

我和蓝还有十五最常去的地方是 No.52 酒吧附近的植物园。那时植物园刚刚进行改革,不再对游人收取五元的门票,于是自然成了我们的去处。

笔直参天的胡杨,几百年树龄的银杏,遮天蔽日的云杉,低矮的白玉兰,千姿百态的南酸枣,暮色厚重的黑松,开着红花的刺槐,香气四溢的椿树……

还有叫不出名的藤蔓植物。

最吸引人的是缤纷的各类花舍,水塘里的睡莲、水仙,竹围栏里的郁金香、玫瑰、牡丹、蔷薇,石头砌成的园子里种植着大片的芍药、女贞等。花舍旁放着竹制的排椅,上面坐着我和十七岁的蓝。

蓝是大姑娘了,有着出水芙蓉的面孔,有着水仙妖娆的身段。这天,她穿着一袭长裙,淡蓝色,如天空般明净。

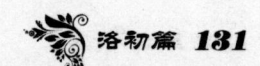

那是二〇〇〇年的春天,四月一日洋人的愚人节。如果那天你去过这里,那么在这偏僻的宁静的园林里,你一定看到了惨绝人寰的一幕。那个高大英俊男子的鲜血染红了雪白的栀子花瓣,这个芙蓉面孔水仙身段的女子的泪水浇灌了芍药花丛,那个眉目清秀男子的左手伸向另一个男子的方向,他的怀里拥着脸色惨白的女子,他撕破了喉咙向不锈钢围栏外的路人呼救,得到的却是陌生人的匆匆溜走或远远的止足观看。这是一个冷血的世界,这是一个冷漠的人间,古老的道德,古老的传统在此时荡然无存。他们惶恐地却又充满好奇地欣赏这惨烈的电影,现实的暴力、血腥在他们眼中是DVD机里冰冷的塑料碟片,并且如此激烈的打斗不用花一分钱就可以观看。

那个高大的男子被十几双穿着军靴的臭脚板重重地充满旋律地践踏,他的脸痛苦地面向另一个男子和女子。他扭曲的嘴角,血红一片,他早上细心打上的摩丝沾满了厚厚的尘埃、草叶、泥土,还有那些人的黄色浓痰,冒着沫的腥臭的唾液。他们用三尺长的铁棍子抽他的腹部,用小小的水果刀轻轻划破他裸露在凛冽空气里的肌肤,他的手臂,他的小腿,布满伤口,血肉翻卷。

男子似乎不在乎这些折磨,他努力地向远处的男子和女孩挥手,蓝,十五,你们快走,你们他妈的快走。

我是洛初,我不是十五,可是他却喊我十五,他明明是十五,却在那些人拿着棍子围上我们时说他是洛初。

我们只是坐在无数次坐过的那条长椅上,如往常一样看花开花落,看月升和日暮,他们就突然围上来,问我们,谁是洛初,站起来。

我刚要站起,十五却死死压住我的肩膀。

我是洛初。十五站起来,拳头紧握,面向十几个陌生的男子。

好,你们到那儿去。一个领头的肥胖男子操着河北的口音。他指着我和蓝。

蓝抓住我的胳膊。我站起抓住十五的手臂,我说,十五,你……

十五忽然朝我大吼,双目圆睁着愤怒地看我,十五,你给我滚一边去,还有蓝。你有皋泊的维护,他们不敢动你。他们要找的是我,是洛初,你知道吗?你快领着蓝走。不然从此我没你这个朋友。

我怎么可以走,我怎么可以抛下他领着蓝离开。蓝是我的妹妹,我们从她四岁就在一起。我们一起长大的,一起爬到城市后面的大山顶去看每一年的烟花。我是她的哥哥,在她母亲和她父亲的坟前我说过我要照顾她一辈子。那么我怎么可以离开。我看向十五,我大声说不。

十五彻底地发火,一巴掌拍在我的脸上。

他说,十五,我告诉你。我是你的兄弟,可是蓝早就已经是我的老婆。我是她的丈夫,而你是她的什么?你给我滚开。

他又换了一个口气,低下头抚摸蓝的脸颊。蓝,要听哥哥的话,

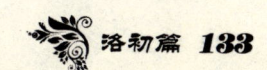

拽着十五离开。

蓝看着我,再看看十五,说,好。她对十五说,你会没事的,你那么的厉害,没有人可以伤你。你一直是我的哥哥,从遇见你开始。我就死心塌地地要跟定你。

她再看向我,她说,十五。她也喊我十五。十五,这里没有我们的事,你不要玩意气用事。他没事的,你知道的啊。她指着冷静的十五。

我看着蓝湿润的眼眶。我说,好的,蓝,我听从你的安排。

我们转身。

我们刚刚转身,耳边就呼地响起棍子划破空气的声响。霸道的声响撕裂了宁静的园林,花儿随风瑟瑟颤抖,春天葱绿的树叶纷纷下落。我和蓝在离十五两米远的距离回头。十五发出一声痛苦的嗷叫,瞬即躺倒在青灰的水泥地面上,无数的棍子砸在他的身上,他用双臂护住了脑袋,我接着听见骨节碎裂的清脆声。他的臂软软地耷下来,耷拉在额头上,他们再用脚猛烈地踹他翻滚的躯体。

他无助地翻滚,在流淌的温暖的血泊里。

蓝看见这些,好久没有一丝声响。她后来告诉我说,她以为又回到了三年前,她似乎又看见了她母亲的死,她父亲的亡。

蓝忽地嗷声痛哭,泪水四落地跑向十五,却被一个男子一把推在花丛里。没你的事,不要过来。他说。

我挣脱出蓝的撕扯扑向十五。我口中喊着不要,不要,不要。可是我一样不能替代十五的痛。有两个男子押住我的手臂,把我死死地摁在新鲜潮湿的花丛里。

我的鼻子嗅着各色花的芳香,耳中听着他们的棍子声、吆喝声和斥骂的声音。十五已不再喊叫,他在动,那只是他身体中的各个神经中枢的自然反应。

我模糊中看见围栏外拥挤着观看这一幕的人群。他们冷眼相对,直到警车呼啸来迟,他们才匆匆散开,瞬间无迹。

这是二〇〇〇年的四月一日西方的愚人节,在中国首都北京的一个植物园里,老天给我们开了一个天大的玩笑。

3. 蓝说,我一会儿就回来

小医院的大门口,弯曲的杨树在门口排成两排,叶子开始泛黄败落。蓝用长长的指甲划着粗糙的灰色树皮,指甲的颜色如她的名字一样染成了诡异的深蓝。

蓝面向我双手盲目地划着树皮,沉默的生命在她的指甲下发出吱吱的惨叫。那天十五快要出院,我守着十五的床铺入睡。十五酣然有声,没有听到蓝在清晨赶来,推开病房的门,她在门外喊我,洛初,出来一下。我有事要告诉你。

我把十五伸出被子的手轻轻塞进被子里。我说,蓝,在这里说

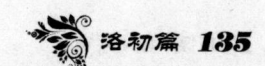

不好吗?

蓝看看十五,说,不,我们出去说。

十五的伤很重,已经住了半年的院,花去了我和他三年的积蓄。当时蓝也要掏出她的所得,我和十五急着摇头,不要,蓝。

不要,蓝,我们不要你的钱。应该照顾的是你,又怎么能反过来让你照顾我呢?

蓝呵呵地笑。

那天皋泊急匆匆地从酒吧赶来,看到昏迷不醒满身伤痕的十五,打电话找了百多号人说要给十五讨回公道。十五在医院里醒来,告诉身边的皋泊,不要这样。

皋泊不要这样,你已在这里找到了以后的路途,不要因此迷失。我的事其实很简单,这件事的起因也是一样。我早就应该预知,蓝的天赋在这里得到充分的发挥,可是她也因此进入另一种境地。因为有人看上了蓝,他想夺走蓝,给蓝更大的天,甚或只是一个华丽的笼。这些无法避免。从我遇见她,就知道她不是一般的孩子。他想让蓝走,那么首先就不能让洛初待在蓝的身边。洛初是她的护栏,也是她的围墙,他要让洛初离开,所以会这样。

皋泊不说话,十五说的一切都是对的,他也是异乡漂泊,他也不想因此惹出麻烦。

那你打算怎么样,十五?

十五看着我,说,洛初,我们离开吧。我们可以离开这里。你的技术已经学到,我们可以回到临沂老家开一个广告公司。我们可以换一种方式继续生活。

我不回答,我说,等你的病养好再说也不迟。何况我也要问问蓝。她是愿意留在这里,还是愿意继续跟我们走。

蓝走在我的前面,一直到门口停下,倚着一棵杨树。

她说,洛初,我可能要走了。

她真的不是一般的孩子。她没有按照我们的想法走路,她不是留在北京,也不是跟着我们。

她说,她要走了,一个人去往香港,一个人可以去走更宽的路。

我看着蓝。这年她十七岁,还应该是一个孩子。在我十七岁的记忆中,我间接杀死了她的父母。现在,她说要离开我,自己走更宽的路。

我转身离开。

我说,那是你的选择,与我无关,我不是你的兄长。况且你从未听过我的话。但是你不要给十五道个别吗?

蓝追上来,跑到我的前面。

她说,洛初,你等一下。

她把右手伸到我的面前,握成的拳头缓缓张开,里面露出一个镶着蓝色宝石的铂金戒指。

她说,洛初,我已经给十五道过别了,是一个月前。那天你没有

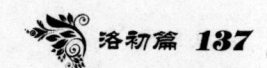

过来,是我守着他的。我告诉他我要离开,走你们想走的另外一条路。当时十五只是在兜里掏出这个戒指。

他说,这是我母亲死时的遗物。从我记事起她就把它戴在右手的无名指上,异常珍惜,洗手、做活甚至与陌生的人握手的时候都会把它摘下来。夜间入睡,也要把它摘下裹在柔软的绸子里,慎重地放在枕头边。她说,这戒指是她唯一的首饰,因为其他的首饰不配和它戴在一起。母亲疼爱它一生,甚至超过疼爱我。临终时含泪托付,找一个心爱的女子,替我帮她戴上。我说,好。

十五把那戒指放在我的手心,他说,蓝,如果爱,就把它戴上。

我没有戴,也没有说不戴,我接过它把它放在兜里。我说,十五,乖,听话,要睡觉了。我再见到你时再把它戴上好吗?

十五点头。

蓝说完这些,然后把戒指放在我的手心上。

她说,洛初,帮我还给十五。告诉他,我的手太小,手指也太细,戴上总是脱落下来,那样很容易丢失。

她说,洛初,我害怕失去它,就如我害怕失去生命。

我想起蓝说的那一天。蓝说我没有去,是的,我是在门口一直站着,我只是没有进去。

蓝骗了我,她跟我说了谎话。她说,她说她接过戒指,然后十五很听话地睡了。怎么是那样呢?

我从公司下班已经晚上七点,赶到医院天已乌黑。我走到十五的病房门口,听见了十五的声音。

他说,蓝,你知道吗?为了我不要走好吗,让我来照顾你。

蓝呵呵地笑,十五,不要。我有洛初来照顾我,那你算什么呢?

他说,蓝,那天我被人打时我就已经告诉你了。你忘了吗?我说,你是我的老婆。那么你说我是你的什么呢?

蓝应该是歪着头看着十五。

蓝说,那是假的。

他说,不,蓝,那要是真的又怎样?

我一直站在门口,一直到里面传出蓝和十五拥抱和亲吻发出的呻吟声。我在沉寂的夜色里悄然离开。

那是二〇〇〇年的秋天。

蓝说,我走了,洛初,一会儿就会回来。

4.你不该回来

二十年前,那个从吉林省雪窟里把我抱出来的他说,你不该回来。

二〇〇〇年的冬天比以往的要冷得多,雪下得也频繁。我坐着破旧的乡村客车走在颠簸的返乡路上。我走时七岁,穿着露屁股的破衣烂衫,赤着乌黑的脚。十三年后,我西装革履,头发上打着啫

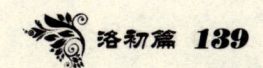

喱,下巴泛起青色,脖子周围弥漫一股世俗尘埃的气息。十五和我一起回来,停留在临沂,忙碌公司开业的事务。我一个人走,一个人回来,不同的是我似乎是长大了,应该是个懂事的孩子。

蓝在十月里离开,在车站上掏出一根红色的丝线,系在我的手腕上。洛初,找一个喜欢的女子吧。我一直不明白你的感情世界,就像当初我第一次看到我的母亲和你在床上的交合。那是我第一次看见那件事,却没有一丝好奇,感到平庸无味。你们那么做是你们对命运的妥协,你们在欲望面前选择懦弱。而你洛初从我四岁开始就和我一起生活,而她那个女人从生下我就不再好好看我。我不该出生,不然她不会变得那样丑陋,不然她可能会离开安图。好了,现在我说的是你,给了我十三年照顾的哥哥。哥哥,我为什么一直不见你领一个女子回家呢?

我不回答蓝,默然地笑,不露痕迹。我想的自己明白就好,为什么要对别人说。

我说,蓝,可以不走吗?

蓝说,你明知道这不可能。我已决定要一个人走。

我说,可是一个人走会没有人来照顾。

蓝说,可是两个人或者三个人走同样宽的路会感到拥挤。洛初,有时候,有些事需要极早地解决。我不希望看到那一步。

我问蓝,哪一步?

蓝笑,还要问吗?洛初你总是欺骗自己。

我不知道我有没有欺骗自己,我只想跟蓝说一句话。我要说的话和十五对蓝说的一样。

十五说过,蓝,你是我的老婆。为了我不要走好吗?

可是我没来得及对蓝说。火车缓缓在站台停下,蓝跳上火车,在车玻璃里朝我挥手。我听见蓝在嘈杂的人声里朝我喊,洛初,告诉十五,我有了他的孩子。

十五,蓝走时让我告诉你,她有了你的孩子。

在回临沂的列车上我对十五说。十五在翻看当日的娱乐新闻,报纸的头版登着巩俐的大幅写真。青春已逝的巩俐把头发紧紧地束在脑后,扎一条紫色的丝带,穿深咖啡色的短袖羊毛衫,脖子里缠绕着纯白的围巾,边缘绣着黑色的古典花纹,穿血红的长裤,金色的腰带扣耷拉在大腿侧。她笑容展开,双目充满恩慈。这一年的冬天,她主演的《漂亮妈妈》刚刚获得金鸡奖的最佳影片、最佳女主角等几项大奖。新闻的标题是大大的黑体:2000年笑得最灿烂的女人。

十五听见我的话,慢慢把报纸合上,看向窗外。

洛初,她为什么要一个人走呢?他问我。

我闭上眼,看见她的母亲,肥胖的鱼禾。她摸着我的头,她说,洛初,来,听妈妈的话。十五的问话我装作没有听见,我把全身蜷缩在火车硬座上。我说,十五,天真冷。

十五掀开帘子,看见了窗外飞舞的雪。

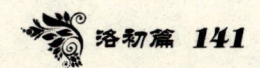

洛初篇 **141**

洛初,看,下雪了。

我闭着眼,不愿睁开,我说,是,好大的雪。

十三年后,我回到我七岁前生活的地方,临沂费县的一个小山坳里。我下了车,走曾经熟悉的小路,拐过几个山坳,我远远地看见了他,那个给我第二次生命的他。他老了,背驼得厉害,满脸的皱纹,他似乎看见了我并一眼就认了出来。他扔掉手中的锄头,朝我走来,等到彻底地认出我,他才停下脚步等我走过去。

我一步步地走过去,迈着方步,不慌不忙。我走近他抱住他佝偻的身躯。我在他的耳边喊他,父亲,我是你的儿子啊。

他突然推开我,我看见了他衣袖上和鞋子上缝的白布。那是当地家里死了老人戴的孝。

我说,是谁老了?老了就是死了,当地的方言。

他看着我,弯下腰拾起泥土里的锄头。

他说,你爷爷说的没错,你是一个祸害。他前天还好好的,上厕所出来忽然倒在地上,就再也没有起来。

他死时只留下一句话:你不该回来。

我和你的母亲一直猜测那个"你"是谁。

怎么没有想到是你呢。

他说,你不该回来。

5. 开始沉默,什么都不说

　　站在村前的小山顶,浅蓝的牛仔,白色的棉布格子衬衫,深灰色的休闲鞋,黑色的丝线坠着棕色的九眼天珠石,左手腕上系着红色的丝线。

　　我看着山脚下流淌的大河,岸边尚未融化的残雪,有枯黄的茅草叶子伸在雪地里,有野兔子等小动物的梅花状小蹄印。灰色的石崖陡立在山的一侧,呼啸的大风从西北方向吹来。我刚刚剪了发,很短,可以看见头发底下的白色肌肤。

　　仰望天空变幻的云朵,仰望曾经走过的岁岁月月。把双臂张开,在眼前交叉,双手互相交叠,我的瞳仁穿过狭小的指缝,看见广阔的昏暗天空湛蓝,是阳光恰巧走过。明亮的光线透过手掌,我看见了安图,看见了蓝,看见了北京的故宫,看见了英俊的十五,我看见所有过去的他们。他们都朝我微笑,渐渐不见。

　　我一直地仰着头,看月升日落。

　　十五给我打来电话,告诉我已经办好了公司营业执照;已经租到公司的门面房,并开始按我的意思装修;已经订购了机器设备,电脑是组装的,复印机是佳能的,打印机是惠普的;已经招聘到两名设计师,是年轻的女子,有一年的工作经验,还有一个是刚刚毕业的会计,问我可不可以留下;已经联系到一品牌饮料的广告业务,大约一年有几十万的毛利;已经调查了临沂的装饰市场,发现很混乱,没有几家正规的公司,问我是不是挂上北京的某个牌子,是不是申请一个国家质量认证证明。十五拍着胸脯说这些包在他的身上,在北京质检局有认识的哥们儿。已经开始市场广告销售运作,已经看到了何总你的豪华宝马车以及西欧的别墅小楼……

我说,好,十五,你做就是。但是要记得慢慢来,不要走得太快。我们资金不多。

我和十五的钱早在医院就花得精光,开公司的所有资金都是皋泊的积蓄。他送我们离开北京,在去往火车站的路上掏出他的银联卡,递在我的手里。他说,拿着,洛初,我就只能这样帮你了。这是我这几年的所有积蓄,回到临沂好好地做,要相信自己,就如我相信你一样。

卡里总共是十万元整。我说,皋泊,你的钱只是暂时借用,我一年内还给你。

皋泊以及我和十五都是磊落的男子。他握我的手说,好。

这钱在公司营业半年后寄给了皋泊。在电话里皋泊大笑,洛初,我真的没有看错你。

十五是天生的生意人,做事精打细算,做业务脸厚心黑,为人能方可圆。公司从起步的第一个生意开始,都是他在忙碌,而我一直退居幕后。他这样告诉我,你是公司的总经理,要学会两个字,威严。遇到麻烦的事我推给你,而你接到后再推给我。然后还要加上一句,我现在很忙,你找我们的业务经理十五吧。而这最简单的法则却在生意场一直沿用。

我说,好,十五。记得读《史记》时有句话叫,用人不疑,疑人不用,而我何洛初百分之百相信你。

偶尔在一次酒后提到蓝,四目一对,唯有猛地碰杯,把一切辛酸苦楚灌进肠胃。

公司业绩月月攀升,赢利我坚持和十五平分。公司运转一年后已经开始对十多年的老公司构成了强大威胁。电脑由当初的两台增至十二台,员工由开始的四人增加到四十六人,公司的业务开始向电视广告、企业策划、车视载体、报纸杂志以及逐渐火热的网页设计制作发展。公司迁了新址,由低矮的小平房搬到了刚刚建的市中心高档写字楼里。

三年后,公司重新注册,注册资金升为五百万。

然而,就在我们决定大干一场,彻底垄断临沂的广告市场时,十五,我许多年的亲密搭档突然不见,并且携带走了公司所有的款项。

这时,我正在从吉林回临沂的列车上,我正认识了一个叫梅如的女子,她正在为一个抛弃了她的男子伏桌大声哭泣。

那个男子叫十五。

6.红了樱桃,绿了芭蕉

韶华似水,红了樱桃,绿了芭蕉,白了少年头。

接芍药回来,坐从西安直达连云港的火车,凌晨四点在连云港站下来。这个陌生的女子在那个城市的大街上,在凌晨四点,在大雪纷飞的天地间,突然疯狂,疯狂撕扯行李包,疯狂地撕扯包里的衣服,疯狂地披散着浓密的长发嗷叫。一个美丽的小母兽,在自由的广阔原野里,展露出原有的本性,彻底解脱,甚或是彻底地崩溃。

她跟跄着脚步,指着我的鼻子臭骂,你他妈的男人都不是东西,告诉我,为什么十五没有来?你以为我是爱他的吗?不是,只是因为我太寂寞,只是因为我想和他上床而已。

我坐了一天一夜的火车去往西安接这个有了十五孩子的女人,她在电话里说,十五,我有了你的孩子,打算打掉。

我的蓝在沉寂两年后的此时突然浮现。蓝走时说,告诉十五,我有了他的孩子。

我一下子把她当作了我的蓝,尽管她说她是芍药。可是我已把她当作和我从四岁就开始一起生活的蓝。蓝走了,一直杳无音讯,当初不能留住她是我的错,现在她回来了,让十五去接她回家。

我说,好,芍药,你等我,我接你回家。

在临潼的秦始皇兵马俑博物馆给她打电话,芍药吗,我是十五的朋友,他有事过不来,让我来接你。她在手机里让我回头,说笑得最灿烂的女子就是她。

这句话如此的熟悉,让我时隔两年后依然记得。是的,当初在和十五一起回临沂的列车上,我告诉十五,蓝有了你的孩子时,他在翻看一张报纸,报纸的头条是大大的黑体:2000年笑得最灿烂的女人。那是巩俐。两年后,她说我回过头看见笑得最灿烂的女子就是她,而她叫芍药,在我回头之前我对她一无所知。

而我仅仅知道的甚或猜测的是,她是十五的爱情陪葬品之一。这是一个庞大、沉重、肃穆的墓地,墓的主人是一个叫做蓝的小女子。十五从遇见蓝的那刻起,这墓开始动工;等到十五迷倒了蓝时,这墓挖出了一堆堆的黄土;等到蓝为十五私自把秘密花园的柴门启开时,这墓开始垒砌地下居室;等到蓝茫然离开,等到她把蓝色戒指通过我交到十五的手中,等到十五听见我说,蓝有了你的孩子时,十五耗费了三年的精力建造的墓终于开始收尾,他开始寻找陪葬品了,他要祭奠这一生中唯一的一次爱情。

或许有的人一生中要经历无数次的爱情,仍然前往,不知疲惫,然而也有这样的一种人,一生只有过一次爱情,剩下的都是爱情的玩偶,甚或是内分泌的残渣。

十五的内心崩溃,所以努力地做事,在任何人面前不露痕迹。可是我知道他的变化,他频繁的外出为他赢得了接触异性的机会,

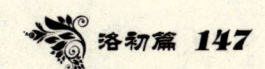

洛韧篇 **147**

甚或是勾引。他一次次地玩弄她们，一次次地在每个城市的角落演绎轰轰烈烈的爱情悲剧。

他告诉我，这些只是因为他忘不了蓝。他不是报复，他是在做一次解脱，只是这过程太漫长，这结果太过于残酷。

我要带芍药回家，所做的也只是一种收拾残局的工作。就如一场战争之后的后勤料理，把死的用草席一裹用一把黄土掩埋；把伤的抬上担架，该包扎的包扎，该截肢的就截肢。

可是在芍药面前，我感到困惑，是该狠心地掩埋还是该细心地包扎。她穿着绛紫色的风衣，里面是纯白的线衣，胸前有朵蓝色的芍药花，长发浓密如原始森林里的藤蔓，穿一双漂亮精致的咖啡色小皮靴，系着醒目雪白的鞋带。她的眼睛很像蓝，目不转睛地看你，毫不羞涩甚或是矜持，明眸皓齿，肌肤如婴儿般娇嫩光滑。

我转过身看见她站在斑斓的雪地里，左手插在风衣兜里，右手拿着一个银色的手机，笑嘻嘻地看着我。我看见了蓝，她喊我，洛初，来。

我没有过去，我低下头蹲下装作擦拭皮鞋脏污的雪迹。我第一眼看见这个女子，眼睛瞬间潮湿，温热的液体不受控制地下落，我低下头来掩饰她肆无忌惮的目光，怕她忽然看穿一个男子的内心。我努力地掩饰与蓝的感觉，这掩饰持续了十五年，在这个遥远的十秒钟前还没见过的女子面前疼痛地揭开了陈旧的却从未愈合的伤疤。血终于得到释放，泪做了它的前锋，首当其冲。

我说,丫头,你给我过来。语气如同对蓝的喊叫,只是把蓝改成了丫头。

她走过来,我紧紧勒住欢畅到失控的神经中枢。我回了下头,用黑色的羽绒服衣袖匆忙擦拭泪水。

她走过来,我说,我是十五的朋友,来带你回家。他有事没过来。

芍药说,好,这就走吗?

我说,你不用收拾吗?

她说,不用,行李包在给十五打电话以前就已收拾好。如果他不来,我也打算离开。

我说,为什么?

她说,只是感觉厌倦,想去住另一个地方。

她终于累倒,躺在雪地里,雪花落进她的眼睛,她的唇。冰冷的事物遇到了温度,缓缓融化。我走过去把她抱起,就如抱起我的蓝,走进路边ATM取款机的玻璃厅。我坐在铺着乳白色方砖的地上,我把她的身体放在我的膝盖上,把她的头揽进我的怀里。我闻着她的发香,听见她激烈地喘息。我轻轻吻化她发丝上的雪花,她脸上冰凉的水滴,最终停留在她的唇上。我含住她的双唇,就如我小时候紧紧握住蓝的双手。我猛烈地舔食她肌肤上的黏稠和潮湿,就如鱼禾的第一次抚摸让我忽然窒息。

她回过身,把鼻子贴在我的脸上,睁大了眼睛看我。

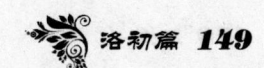

我拍拍她的肩膀，我说，不要这样，芍药，不要这样。

我要带她回家，一起看公司慢慢倒闭，然后从头再来。

这是我的想法。我看着她，想念我的蓝。

在我眼里，她——芍药就是蓝。

这一年，洛初二十四岁，开始感觉老去，总是忆起从前尽管并没有什么值得纪念的事。

鱼蔓

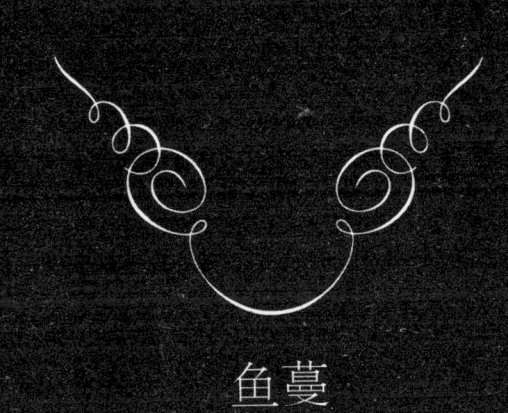

黄色森林\红色大河\白色山峦

第一章 黄色森林

1.一生一世一辈子

鱼蔓,你以后要记得找个男人是要可以相守一生一世一辈子的。

鱼蔓,你以后要记得不要总和你姐姐鱼禾抢东西,是你的就是你的,不是你的你便得不到。

我的母亲已经老了,开始喜欢在阳光底下眯着眼睛唠唠叨叨,满脸的沟壑随着松弛的嘴唇摇曳。她总是说我以后要这样,以后不要那样。她的言语开始混乱,没有逻辑。在我是十六岁的孩子时,告诉我要找的男子是要可以相守一生一世的;在我半夜睡得迷糊时她突然把我叫醒,说,来,来,鱼蔓,你过来,我来给你讲过去的故事。

她总是意犹未尽地给我讲她过去的事,总是眯着眼睛叙说曾经的风华一时,总是抬着头高傲地看着我。

她老了,可惜我不能看到她年轻时的样子。她应该是很美的女子,曾经被无数的男人宠爱追捧。她也确实是一个很美的女子,尽管她生在一个战乱的年代,尽管第一声的啼叫是在黄色的穷乡僻壤。那里连绵的黄土山丘,山坡上有弯着脖子的粗大的老柿子树,秋天,挂满了红色的灯笼,是那里唯一的赏心悦目。父母都是地主家的佃户,靠上缴租粮剩下的残渣糊口,青黄不接天灾人祸的时节经常光顾,她便从小就习惯了三天喝一次稀糊糊,每天天不亮就跟在母亲的屁股后到野地里挖野菜根的日子。她粗食布衣,冬冷夏热地慢慢长大,最终在十六岁时出落成小家碧玉,窈窕淑女。

　　一九四五年,大旱,地里的粮食颗粒无收。这一年,鬼子被打得四处逃窜,有的还窜到了村子四周的山野里。于是羞涩的大姑娘们俏丽的小媳妇们都吓得躲进了里屋,天不黑就紧紧地闩上大门小门的杠子。爷们儿也早早地从地里赶回来,早早地搂着老婆温热炕。外面的世界,到处锣鼓声响,庆祝八路军的节节胜利,到处红旗飞扬,喊着打倒地主豪绅,可是这里,开始进入了战争前的戒备状态。有枪的把猎枪用黄鼠狼子油擦得锃亮冒光地放在枕头边上,没有枪的便在河边的粗砂石上霍霍地磨着杀猪宰羊的刀。壮实的男子开始早起整编排队训练,刺杀,摔打,年老的未成年的天天或蹲或站地在村子的某个角落注视可疑的人的举动。

　　晚上有巡逻的,半夜里有忽然放枪的,整个村子人心惶惶。

　　就在这个节骨眼儿上,那年十六岁的扎着麻花辫的母亲突然失踪了。

就是在她上茅厕解手时,进去后就没有出来。她的母亲,那个老实憨厚的小女人找过去,看见了倒塌的石头墙和地上撕扯的痕迹。茅厕外堆着一大垛玉米秸子,里面挖了一个窝,似乎有人在里面长久待过,现在有了一个桶大的洞口,朝向苍茫的原野。她的家在村子的最东头,坐落在山脚下,山上是浓密乌黑的松树林和茅草丛。小女人慌了神,扯着嗓子喊叫她的左邻右舍。

村子的人陆续赶来,聚在一堆乱七八糟地猜测原因后果。她的父亲默不作声地挤进来,趴下身子看倒塌的石头墙,摸索玉米秸子里的窝,在地上丈量撕扯的痕迹。他是一个出名的猎手,没有结婚时经常扛着把猎枪在山野里转悠,每次总是满载而归,是这一带公认的好猎手,在百米外可以轻松地射中奔跑着的兔子的眼睛,可是如今渐渐打不到猎物了,村子里的人便笑着说,都被他年轻时打光了,即使有也远远地跑走了不敢在这里转悠。

他站起来,告诉众人,是两个人,他们有枪,向山上去了。他指着渐渐灰暗的山林,他一个人在前面走,妻子给他递过来了枪。有几个叔家的兄弟跟了过来,说帮个忙。他挥手阻止,不用,我自己去就好。

他不敢想象自己的女儿出了什么事,会出现什么样的事,他越是猜测手抖得愈加厉害。如果那样,会怎样?他扛着拿了大半辈子的猎枪,却从没有这次这么地慌乱。以前打的是猎物,他是最冷静的猎

鱼婓篇 155

手,如今他的女儿被人掠夺,他是去救他女儿的英雄,以往对付的再精明的猎物也只能是动物,而如今他面对的是禽兽不如的两个日本鬼子,他从没有今天这样的慌乱,他的目光在黑暗里四处搜寻,他的脚步声在窄窄的石板山路上咔嚓有声。他尽量地放轻脚步,弯着腰,拨开一拨拨的茅草来搜寻他的猎物。

在爬到了半山腰时,他的左侧树林突然两声枪响,接着又沉寂无声。这枪响划破小山村的原野,村子里的茅草屋里陆续地亮起了灯,有村民跑了出来,在山脚下喊他的名字。

他走过去,穿过树林,于是看见了他的女儿。女儿衣衫凌乱地趴在一块青石上,目光散乱地看着地上缓缓流淌的血迹。在女儿的身旁躺着两个穿着黄军装的鬼子,裤子都褪在膝盖处。他走过去,扶起女儿,整理好了衣衫,拍拍她的头。不要怕,孩子,爹在这里。他走近两个鬼子,看见了他们胸口的枪眼,还冒着白烟。他们彼此的枪口指着对方,他们为了谁先享受一次肉体的盛宴而争执,最终各自倒在对方的枪口下。

我的母亲真是福大命大,在被玷污之前幸好保住了贞节。只是她没有想到,甚或是连他也没有想到,等到他背着自己的女儿出现在众人眼前时,人群里开始有小声的窃窃私语和暧昧的笑声。

母亲在十六岁那年被人冤枉失去了贞节,第二天天不亮,整个村子都知道了,他们互相转告一句话。

你知道吗,村东头苏猎户家的女儿,就是叫豢喜的那个丫头,昨晚在山上被两个鬼子轮奸了。

2.他说,我想认识你

　　在我十六岁那年,有些东西注定要凿刻成我永生难忘的印象。在下乡的知青队伍里,有一位浓眉大眼穿着白色上衣军绿色裤子的男子。我站在黄土路边的草丛里像众人一样观看,坐在崭新的拖拉机上的男人女人。他们从遥远大城市里来,带着遥远陌生的气息,带着我所遥望的书生气,带着温润稀奇的阳光从我的身边擦过。我猛然看见他的笑,在嘈杂的人群里,在男人女人之中,他朝我挥手,朝我微笑。我踮起脚,看这个突然出现的男子。我将乌黑的麻花辫子甩在日渐隆起的胸脯上,而后随着他的车子向前无意识地走动,看着他的笑他的挥手渐渐远去。

　　十六岁的心微微荡漾,因为遇见了前生似乎相爱的恋人。我在母亲怀抱的星空里,在母亲抬头仰望的天空中看见他的笑他的挥手。

　　那是一九六五年的夏末,大批的城市子弟下乡劳动改造自我,是一次身体和内心的大反省。他是其中之一,来自一个叫青岛的海滨城市。父母都是普通的棉纱厂工人,父亲是机器维修工,从全国解放一直干到如今,已经到了退休的年纪,整日地喝酒,然后朝放学的他诉说一肚子的牢骚和苦水。他曾经踌躇满志,却潦倒至今。

鱼蔓篇 157

年轻时是出色的诗人,激进的知识青年,却在历史的轮回中沉浮不定。年轻时的梦想是做一名成名作家,无比地崇拜鲁迅和茅盾,然而最终却一生与冰冷油污的棉纱厂机器相伴。他对于现实无话可说,只好把言语给予过去的踪迹。他一直静默隐忍父亲的烦躁,认为他不是伟岸的男子。相比更加爱恋自己的母亲,从始至终地在平淡无味的流水线上工作操劳,为了养家糊口任劳任怨,对他的醉酒他的胡言只能选择沉默。他的一切性格包括爱好都依据他母亲的路子行走,没有更改。母亲告诉他,不要多说话,他便是那所学校最静默的男子。他的母亲告诉他,要找一个懂得隐忍的女子。他那年十九岁尚不懂得什么是隐忍的女子,便问他母亲。

母亲说,你要记得,这个女子扎着乌黑的辫子,习惯地把它甩在胸脯上,她的脸上从生下就写着你的名字。

他还是不懂,不明白为什么扎麻花辫子习惯甩在胸前的女子就是隐忍的性格。

母亲亲吻他的眼睛。孩子,你终究会懂得。她给他看一张旧的照片,在散发霉味的衣柜底处费力找出来给他看。陈旧的黑白照片因为岁月的折磨泛起黄色,散发神秘的气息。照片用红色的绸子层层包裹,最终揭开,他看见二十世纪四十年代一组学生的合影照。身着灰色衣服,胸口有两个四方的口袋,裤子稍微深色发暗,肥大的裤腿,穿着黑色的布鞋。其实人并不多,只有十三人,四男九女。

他从来不知道母亲藏有一张这样的照片。那是母亲的十九岁,已经过去了二十多年。她在他十九岁的时候在他即将离开下乡务农时,将尘封的记忆打开。她戴上黑边眼镜,干燥的手指轻轻抚摩温润的照片,眼眶潮湿温热。她说,你看,这是我。她指着一个微笑的最前排的女子,那个女子扎着麻花辫子,荡漾地甩在胸前,脸上绽开笑容,满面的春风拂面,有一个深深的酒窝。幸福的姿态真如明媚阳光下的花儿一样。

她一个个给他指出里面的女子,其中有六个女子扎麻花辫子,只有她是甩在胸前的,而她正是如今最隐忍的女子。她告诉他,这个披肩长发的叫十夕,是当中最富有的女子,后来去了美国。在一次学生运动中被炸弹正好击中头部,那个头离开身体的瞬间被一个战地记者恰好拍摄,后来那照片获了奖,那记者迅速成名,而她却已无人记起。

他恍然记起在某本书里的一个角落里看见过那组照片,照片的题字是——飞翔。

她继续给他指另外的女子,头发很短,像个男孩子。这个是我从小到大的邻居女子。从小性格泼辣,后来和一个军官结了婚,生有一个女儿,再后来。丈夫在"文革"中被折磨至死,而她最终疯癫,有一次在阳江闲逛从此没有回来。

还有她……还有她……

母亲一个个地指过去,平静地诉说一段段死亡。他感觉空气的压抑和阴涩。她说,扎了麻花辫的和披肩长发的、短发的都已经不在了。早的已经离开二十年，短的昨天刚刚去世。

　　最后，她拍着他的肩头说，孩子，要记得找一个和你母亲一样的女子，你的生命才会有始有终。尽管平淡乏味，但是可以永生，也是尽乎的完美。

　　他点头答应，他一直信从母亲的话，尽管感觉接近荒谬。

　　他在车上看见我，超乎想象地如此剧烈地感到我是他所要找的女子。于是他下了车，没有收拾行李，就一路跑回来，跑到遇见我的地方。

　　我还是站在草丛里，看耀眼的光线穿透形同虚设的礼节屏障。

　　他猛烈地在乡村的黄土路上奔跑，扬起的黄沙遮盖住羞涩，他脸红气喘不顾及路上的行人。他远远地看见我，双腿坚挺上足了弦，手臂疯狂地挥舞。

　　他在我的面前陡然停住，盯着我的麻花辫。

　　你好，我叫栈仓。

　　他伸出强有力的大手。

　　他说，我想认识你。

3. 母亲飞了

一九四五年的初春,河畔的垂柳从严寒里缓缓舒展纤细曼妙的细腰,嫩黄的柳芽儿冒出了小小的毛胚。冰冻的黄色土壤浸透了红润的光。

这一年的春天,我的母亲,一个懵懂无知活泼好动的毛丫头变了样子。我的母亲以前总是昂着头挺着胸从村子的这头走到那头,趾高气扬,不把任何斜视她的小伙儿放在眼底。可是从这年的春天,母亲再也不能抬头了。她清晨起来,刚走到街道上,原本蹲在墙角里闲扯的老少妇女,男子小孩甚至一条黄毛肮脏的狼狗也都纷纷朝母亲张望,他们指手画脚,唾液横飞诉说百谈不厌实际异常无聊甚或无稽的话题。

他们指着母亲婀娜的身姿,指着母亲清秀的脸庞。他们说,看啊,就是这个丫头,昨晚被两个日本鬼子玩了。

母亲的十六年是昂着头的岁月,看天空,看云朵。她出生在收割的庄稼地里,她来到世间的第一眼就是广阔的天空,悠扬的白云,偶尔一只鸟扑棱着翅膀在视野里划过。

她说,她看见了那只大鸟,它在她的头顶盘旋,最终消失。她似乎留有前生的记忆,她时常在深夜醒来,揽过熟睡的我,喊我的名字,鱼蔓,你看啊,一只灰色羽毛的鸟,胸腹有白色条纹,尖尖的锐利的嘴,浅黄色的爪子,褐色的趾,还有你看啊,看它的眼睛,圆圆的乌黑的眼睛。

其实在一片黑暗里,我什么也没有看见。可是她总是把我揽在她的怀里,指着黑色的东西,细细地给我描述她看到的那鸟的样子。

她说,她清楚地记得前生是一只大鸟,有灰色的羽毛,胸腹有白色的条纹。她说,我走过奈何桥的时候,把迷魂汤倒在了桥下的水里。我的前生在空中飞来飞去,直至累得落在地上,再也没有飞起。

她说,鱼蔓,你要记得,你的母亲前生是一只鸟,有灰色羽毛,白色条纹的大鸟。

她说她的十六岁,说她十六岁以前的记忆。那些印象只有一件遗留下来,那就是她仰着头看天空的日子,也是她一生中最大的乐趣。她成天到晚地看,从生下来的第一眼到十六岁的这年春天。看灰色羽毛的鸟,看彩色翅膀的鸟,看长嘴的短嘴的鸟。它们都是没有名字的,母亲也懒得区分。她只是抬头观看它们从她的头顶飞过,留下美丽的弧线。母亲看它们慢慢在天际边的消失,怅然若失。

我的母亲对此十六年来的生活乐此不疲。

这一年的母亲,在这个初春的清晨第一次低下了头。她从此再也没有昂起头过。她的直觉告诉她,她的青春已经倏忽而去了,再也不会回来了,没有了,消失了。

她的父亲在清晨挑开那个藏着鬼子的玉米秸垛子,看见了一个奇迹。这个村子的第一辆自行车从此诞生了。

他是认得这个洋东西的,他去县城时看见那些有钱的子弟骑着这个锃亮的洋货在大街上飞驰,他站在路边听到带动风呼啸的声音。这是那个年代多么奢侈的东西,他竟然偶然地捡了一个。他环顾四周,然后惶恐地把这洋货小心地抱到屋子里,喊来灶旁烧水的老婆。

你看啊,鬼子留下的洋车啊。我在垛子里翻到的。

他的大手在车子的大梁上、车子的真皮坐垫上来回地抚摩,心里由衷地狂喜,嘴里发出啧啧的声响。

我的母亲跨进了门,听见了她父亲的啧啧声。她推开门,看见了一辆崭新的自行车。

我的母亲拨开她父亲的大手,这是我的吗?

她陡然看见了前生,捉住了飞翔的姿态。她也是见过的,跟父亲进城兑换粮食时看见的。

她那时才想到,其实这个世上不只是鸟可以飞的。人也可以的,人骑上它就可以呼啸着飞翔,比鸟还要快。

我的母亲仰头看了十六年鸟的飞翔,今天当她再也不能抬头的时候,她却最终拥有了飞翔。

我的母亲飞了,在村子后头的打谷场上,在村子中间的黄土路上,在田埂上,在绿色的庄稼上,她无师自通地翻身骑在自行车上,在广阔的原野里欢快地飞翔。

这是一个震惊整个村子的新闻,这是封闭了几千年的山村史上最亮丽的一道风景线。

这是一个初春,我的母亲终于像前生一样飞了起来。

4.念念不忘地忘记了

我的母亲说,万发缘生,悲欢随缘!你要静静等待,等待花开的时刻,等待风拂过花萼,以唤醒前世种下的梦。

那个穿白色上衣肥大军绿裤子的男子跑到我的面前说,我叫栈仓,我想认识你。

我站在茅草丛里,脸色绯红胸脯起伏地低头偷瞄这个有灿烂笑容和坚挺肌肉的男子。我的少女时代随着他的到来,随着在风中飘荡的白上衣,在他雄性十足的气息里愕然止步。我双手无所适从,翻来覆去不知道应该放到哪里,最后手指捏住了粗大的麻花辫子烦躁地梳弄。我的双耳着了火,头皮热得渗出硕大的汗珠。

他要比我高出半头,高高的鼻梁在我的刘海儿上晃荡。浓重的呼吸声,潮湿的男子身上的气味扑面而来。这是我第一次在意识中如此近地接触成熟的男子。

他的呼吸,他的气味,他的汗水,他的喉结,让我看见了我的父亲。我的父亲,那个意识里模糊面孔的男人,和他一样地高大英俊,粗重的呼吸,抖动的喉结,特殊的汗水气味。我记起在他怀里撒娇的样子,他青莹的下巴一下一下戳在我粉嫩的腮上。他让我喊他爸爸,一次次地教我发出稚嫩模糊的声音。把我放在他的头上,骑在他的脖子上,他张开双手,在田野里飞快地奔跑。清凉的风在那些春夏秋冬里肆意地流淌,飘过我的身体,他的耳朵,是的,他的双耳,有宽厚的耳垂。我的小手捏着他的耳垂,我的双脚放在他的胸前,调皮地踢着他丰厚的胸肌。

我在他的肩膀上看见了轮回交替的四季在他奔跑的身后消失,花儿谢了,叶子黄了,下雪了,起风了。

来,鱼蔓。喊爸爸,爸爸。他在清凉的风里回过头看他一岁的小女儿。

我的父亲,我忽然在十五年后记起我的父亲,忽然在遇见栈仓的时候看见我的父亲,他带着我飞翔。他总是说,鱼蔓,我的孩子,我要带你走,带你飞走。

我的母亲老了,在我十六岁那年,在她刚刚三十六岁的时候,满脸都凿刻了无法抚平的沟壑。她的眼睛因为长久的潮湿和温热也早早地昏花了。她开始眯起眼睛看人和物,包括她的两个女儿,她总是把我们推得远远的,昂着脖子看我们是不是又长高了。

我的父亲死了,过早地意外地死了。在我不满一周岁那年,当我在他的肩膀上度过了四个季节后,他仿佛完成了对他女儿的轮

鱼蔓篇 165

回,他带着他的女儿奔跑过了四个季节,累了,知足了,便倒下了。

他的死是经过详细考虑的,是经过周密策划的。他不是意外地死去,我的母亲告诉我,在她嫁给他的时候,我的母亲在他们的新婚的洞房里就预见了他的死亡。我问我的母亲,为什么?

母亲说,因为不管明媒正娶我的男人,还是强取豪夺的畜生,都无一例外地死了,都死了,只是死的方式不同。

我在遇见栈仓的那天夜里再也没有睡着。我想着那些我见过的我没有见过的男子,那些我母亲的男人们。我想着一个个的死亡方式,头颅与身体被利刃分开,胸口上血肉模糊的枪眼,额头上的一记闷棍,被火车轰隆轧过在车轨散乱的内脏器官。

他们,他们在我的面前浮现,他们都喊着我的名字,鱼蔓,来。鱼蔓,来。喊我爸爸。

我无法入睡坐起来问母亲,我的父亲呢?我的母亲开始在黑暗里摸索着找手绢擦拭昏花的老眼。她说,忘记了,我老了,不记得了。

我说,你怎么会忘记呢,我经常骑在他的脖子上的。他带着我跑,飞快地在田野里跑,风呼呼地从我耳边吹过。你怎么会忘记呢,他在的日子,他和你一起的日子,你的脸上总是挂着笑容,那是从我出生认识你到如今,你最开心的日子。在他出现的一年里或者说是我见过他的一年里,你每天都坐在那个小镜子前化妆,你天蒙蒙亮就起来,你给他掖好被子,你给他煮上荷包蛋,你为他烧上洗脸的热水,给他把毛巾挂在床头上。你为他忙完了一切,你便开始化妆了。你细细地给自己添色,你一遍遍地搽上粉红清香的胭脂。然后你会坐到他的床前,轻轻地摇他的肩膀。你轻柔地说话,你说,喂,懒鬼,起床了啊。

你不是只有一天这样的,你是每一天都这样。你从早到晚地细心服侍他,你在清晨叫他起来,你在傍晚跑到村口等他回来。你一直这样地做着,你在我的眼前做了一年的四个季节,直到他有一天再也没有回来。

我忽然对我的母亲说了这么多的话。我以前不是这样的,我今天突然就这样了,我遇见栈仓忽然这样了。我自己也惊讶,我说的是什么啊,我说的是我一岁的时候那个男子和我母亲生活的点滴。我一岁时的生活点滴,事隔十五年后我竟然复述上来。

母亲的呼吸开始粗重,她起身打开灯,诧异地瞪大了眼睛张大了嘴巴看着我。她说了一句我也无法回答的话。她颤抖着身子说,你怎么知道这些,那年你才一岁啊。

我望向窗外,望向栈仓站着的地方。我说,我就是忽然知道了。而且我还看见了他。

他说,想认识我。

他是谁?

他让我想起我的父亲,那个把我放在他的脖子上带着我飞跑的男子。可是他说,他叫栈仓。

我问我的母亲,那么我骑着的那个男子叫什么?那个无数次让我喊他爸爸的男子是不是我的父亲?那个在十五年前的一天黄昏再也没有回来的男子怎么了?

我的母亲轻轻挪到我的身侧。她看看还在熟睡的鱼禾,我的孪生姐姐在月光里轻轻地打着呼噜。

她定定地看着我。她说,鱼蔓,你真是一个特殊的孩子,你继承了你母亲的一些东西。你的母亲可以看见自己的前生,而她的女儿却能知道曾经发生的一切。

她说,不怕记不住,就怕忘不了。

那些我们以为永远不会记得的事,忽然有一天却又都一一浮现。

她说,鱼蔓,我要告诉你,他在一个黄昏没有回来,是他卧在了一道长长的铁轨上自杀了,他的五脏六腑都散落开来,在黄土地上翻滚。他的眼睛始终睁着,在他的瞳仁里留下了一只鸟,一只灰色羽毛胸腹有白色条纹的大鸟,你知道吗?那是他在这个世界看到的最后一道景色。那只鸟也永久地留在了他的记忆里,最终随着他的躯体一起火化。

她说,鱼蔓,你知道吗?他火化的时候,有人看见一只大鸟从高大的烟囱里飞了出来,越来越高,到了我们无法触及的地方去了,那里叫做天堂。

我问母亲,他为什么要死?

母亲说,因为他别无选择。

5.被门关住的誓言(1)

当我的母亲独自享受飞翔的快感时,她的父母却陷入了愁困的沼泽。他们看着自己青春靓丽的女儿,看着到了该嫁人年纪的女儿。他们望着漫天飞舞的谣言,他们知道他们的女儿可能嫁不出去了。

方圆几里的小伙子都听见了黎喜被鬼子轮奸了的谣言。他们曾经在无数个日夜里贪恋母亲的姿色,母亲是一朵芬芳迷人醉的茉莉花,他们就是群蜂浪蝶;母亲是撒在黄土地上的白糖末,他们就是无头的苍蝇到处乱窜。而现在我的母亲被他们看成了残花败柳,那么他们总算活得像样子了。我的母亲在他们面前走过,他们高高地昂起头挺起胸来装起大爷;我的母亲低着头走过了,他们开始肆无忌惮地指着我的母亲,吐出肮脏的词汇,对着母亲身体的某个器官进行详细的描述。母亲开始捂起耳朵踮着小脚匆忙地跑开。

可是那些脏污的唾液还是轻易地钻进了耳膜。那是我母亲最难熬的一段日子,她欲哭无泪。她始终不知自己到底做错了什么,为什么要遭受如此多的白眼,以及如此恶毒的语言!这样的日夜,诸如此类的问题缠绕着我十六岁的母亲。她失眠,她彷徨,她最终无奈地在盛夏里接受冷冷的现实。

这个时候,他出现了。他穿着一身黄土色的破烂军装,挂着随手折的一根杨树枝做的拐杖。他的左腿、小腹都受了伤,血迹混杂着黄土糊满了大半个身子,枪眼的地方还呼呼地向外流淌新鲜黏稠的血。他的脸色黄得吓人,没有一丝血色。他是天微亮的时候来到这个村子里的,从遍布尸体的战场上艰难地爬起,蹒跚着走入这片未知的黄色森林。腿上的子弹只是擦破了大腿根的皮肤,要不了命,要命的是小腹的一枪,洞穿了他的身躯最柔软的部位。青紫色的小肠争先恐后地要从受限了多年的空间里挣扎出来,呼吸新鲜的气息。他一手死命地捂着,一手挂着挂着杨树叶子的枝丫。

他来到村口,第一个便遇到了早起去井口打水的母亲。他以这样的方式出现在双手提着竹桶的母亲的面前。他血污的双眼感觉到了清凉,他似乎是看见了空中挥舞翅膀飞翔的天使。我的母亲始终低着头提着水桶急匆匆地走路,她故意起得这样早,是怕遇见村里人。

他向母亲伸出了手,他喊了一声,喂。

我的母亲已经好久没有和人说过话了,也已经好久没有人叫住她说话了。她惶恐地抬起头,然后啊的一声,她惊恐地看见了一个血人。血人的手伸在母亲的面前,他的小肠便失去了堵截,汹涌地跑了出来。它们青紫乌黑一团地坠在他的小腹上,还在一个劲儿向地下奔。他适时地把它们捥起来,迅速地再塞进腹腔。

我的母亲是第一次如此近距离地接触人体内部的器官,它们以丑陋、肮脏、血腥的姿态出现在母亲面前。母亲捂住嘴巴软瘫在了地上。

他也呼地倒下，四溅的血打在母亲赤裸的小腿肚子上，手臂上，还有因惊恐而扭曲的脸庞上。

他在自己快要昏迷而母亲即将昏迷的时候，艰难地朝母亲吐出了几个字，求求你，救我。

我的母亲救了他。她醒来时他还倒在地上，血已蔓延出去浸湿了两人的衣衫。母亲叫来了她的父亲，一起将他抬到了家里的西墙根的窝棚里。她的父亲给他包扎，就像包扎受伤的小动物一样，在山野里拔起各种草药，取其根或茎，或半成熟的果实一起放在石槽里砸得烂糊糊的一团，捏成片一下一下地贴在伤口上。这都是村子里祖辈传下的土法子，却很快有效应，能迅速地止血、杀菌以及消炎，最后愈合。母亲又把各种奇怪的植物茎根切成段放在陶瓷罐子里加上大半罐甘甜的山泉水用温火熬上几个小时，成了浓稠乌黑的药汁，给他灌下去。就这样地外敷内服地过了十多天，他终于醒来。

他醒来时是个午后，太阳很烈，他所处的窝棚却一片阴凉。我的母亲端了一盆刚从井里汲出来的凉水，用毛巾给他擦拭脸颊。他的眼慢慢睁开，看见我那漂亮的母亲。

我的母亲是如此的年轻漂亮，乌黑的大眼珠，高挺的鼻梁，肌肤胜雪。她的麻花辫子随着身体的晃动而荡漾，发丝在他的脸上荡来荡去。他蒙眬中感觉痒痒的,于是他睁开了眼,他醒了。

他看着我的母亲,以为还是在死亡的梦魇里,只是等待他的不是奈何桥,也不是阎王殿,等待他的是我母亲的初恋。

这一眼,一个春情萌动时众人却纷纷躲避的小女子的初恋序幕就此拉开。

6.我的左手是爱

我这一生做的第一错事就是让栈仓遇见了我的姐姐鱼禾,但是这也是无法避免的事。

我要详细地给你介绍一下我的姐姐鱼禾。我们一起从子宫里湿淋淋地钻出来,但是由于她的脚丫使劲地蹿我的头部,比我先露出了尖尖的脑袋,母亲便让我喊她姐姐。你想啊,这是多么滑稽没有理由的事情。鱼禾还没有出生时就是那么的霸道,并且无理取闹。她在子宫里盲目地对我乱踢乱叫。羊水汹涌而出的时候,她用脚丫子顶着我的头,不让我先走,她努力地要挣脱出黑暗的世界,寻求前方微弱的光亮,寻求一种本能的解脱。而我没生下来性格就是软弱的,并且善意,有种与世无争的隐士意识。我只好闪在子宫的角落里,使劲蜷缩四肢,给她让出通往人生,也是通往疼痛的母亲的阴道。她似乎还认为我这样是应该的,她理所当然地要开阔一条别于黑暗的陌生的路途。她是那样地兴奋,四肢舞动着,身子不住地摇摆。

　　我的母亲可受够了罪,她说,生鱼禾的时候,看见血汹涌地流出,没有停止的迹象,感觉腹部无法忍受地疼痛,她嗷嗷地像临死的母兽一样叫唤,脸上的五官彻底地扭曲,嘴巴歪到了左耳上,眼睛睁大到了极点,眼神涣散,目光游离。当时在场的接生婆还有我的父亲都傻了,以为我的母亲即将走向死亡。鱼禾终于累了,不再扭动腰肢,她寻找到了出生的路径,开始放松身躯顺从地滑了下来。

　　接生婆抱起鱼禾,用烧红的剪刀剪断了脐带,用温热的水擦拭她身上的血污。鱼禾感觉到了无限空间的广阔,大声地喊叫起来,并夹杂着令人恐惧的新生儿的笑声,声音诡异,阴森,使在场的人又一次掉入面对死亡的深渊。接生婆把鱼禾撂到母亲的床头上,她脸上的血污还没有洗净,有红色的血丝缓缓地从脑门上流淌下来,挂在大大的乌黑的眼前。母亲从痛苦中醒过来,伸出麻木的、僵硬的、苍白的手掌来回抚摩自己的小肉球。她如此地欣喜,她轻轻地笑出声来。

　　而我在这个时候,在母亲毫无感觉的状态下从阴道里滑出来。我在她呵呵的笑声里,哇的一声大哭。我的第一声啼叫引开了所有人对鱼禾的注意力。我的母亲、我的父亲还有那个唠唠叨叨的接生婆这才知道原来还有一个生命降临。我是多么乖的孩子,我像正常婴儿那样哇哇地大哭大叫,口里的污物不用接生婆动手就自己吐

鱼蔓篇　173

了出来。我的身上也没有像鱼禾那样血淋淋的,鱼禾给我开辟了顺畅的路途,也用她的身体替我扫清了路上一大半的血污。

我是正常的孩子,而鱼禾从她出生的那一声笑开始,却被那些世人看成了妖魔鬼怪。接生婆是那么的讨厌,她出了我的家门,见人就说,我的母亲生了两个女婴,生下的第一个刚出来就哈哈地笑。你知道吗?这可是个妖魔鬼怪啊!

后来我的姐姐越来越出名,谣言传到最后,我的姐姐被描述成这个样子了:他们说鱼禾有两个脑袋,一个在脖子上,一个在腰上,她有十六个手臂,三十二条腿。她的皮肤比雪还要白,能看见蓝色的血液在呼呼地流淌。她长着四颗尖锐的倒钩毒牙。她浑身布满妖气。在她周身三米以内就会喘不上气等等。

我还要说下我们孪生姊妹的名字,那就是鱼禾和鱼蔓。名字都是母亲起的,在我们还没有出生的时候,她就给起好了名字。她说,第一个孩子叫鱼禾,第二个叫鱼蔓,无论是男是女。我的那个父亲是一个没有任何主见的男子,对母亲的话向来顺从,他感觉到名字的生疏和绕口,却又说不出所以然来。他便不问,于是到死他都不知道鱼禾和鱼蔓到底代表了母亲什么样的情结。

我从能听懂别人的话开始就一直思考这四个字,什么是鱼禾?鱼蔓又是什么意思?母亲为什么不喊我鱼禾,而叫我鱼蔓?

为什么?这是为什么呢?这个问题困扰了我长达一生的时间。母亲临终的时候,鱼禾在遥远的东北安图,已经死去两年,对此我一直愧疚,更没有对母亲提起她的死。我坐在她的床侧,她的指甲抠进了我的手臂里。她的眼睛已经接近失明了,只能感到微弱的光。她看不见我的面容,却猜测出是我,是她的小女儿鱼蔓。我一进来,她就直接喊我的名字。

在母亲临终的一刻,在她的指甲抠进我肉里的时候,那个困扰了我已经大半生的问题再次涌出来。我问我的母亲,鱼禾是什么意思?还有鱼蔓呢?

我的母亲听见我的话,微微抬起头。她的牙齿早就掉光了,语音模糊。她重复地说一个字,似乎是"河",又感觉像"火"。最终我还是没有得到答案,在我手臂上的血滴到黄色土地上的时候,她永远地闭上了眼睛。

一九九九年的冬天,大雪。

河北省易初县一个叫大鱼庄的小村子东头的小草屋里,我的母亲结束了她沧桑的一生。

这一年,蓁喜70岁,她的一生中经历的那些男人如今都已灰飞烟灭。

7.被门关住的誓言(2)

用一朵花开的时间相遇,用一辈子的时间遗忘。

她在他的眼睛里,在那汪清澈的泉水里,看见自己的爱情在水中萌芽,绽开了嫩绿的叶。他看见我的母亲,以火辣的热度击中他在战争面前濒临崩溃决裂的灵魂。他生命的曙光再次被激情地点燃,熊熊之火在两人的心脏燃烧。

清冽的井水洒在了黄土地上,溅起的尘埃在他的目光里游离。圆滚滚的水珠砸在他的肌肤上,他那即将愈合的伤口猛烈地抽搐,浑身的血液凶猛地流动,在心脏处无目的地乱蹿乱撞。

我的母亲也是慌乱到了极点,满脸绯红,胸口小鹿乱撞。他的手落在母亲的腰身上,痴迷于身体的温度里。

他是英俊的男子,高挺的个儿。他的手他的一切动作都是最原始的浮现。他摸上我母亲的腰,我母亲的腿,我母亲的背,我母亲的心脏处。我的母亲没有躲闪的意思,这让他更加的放肆。他忘记了重病初愈,忘记了还在疼痛的伤口。他利落得像在战场上用刺刀拼杀鬼子那样,他迅疾地把我的母亲柔软的火热的身躯压在了黄土地上。这是西墙根的玉米秸子、地瓜秧子搭起来的小窝棚里。我的母亲在这个炎热夏日的午后里第一次尝试了女人的滋味。

他的情欲在硝烟里挣扎了许久,终于在这里得到彻底的解脱。古铜色的脊背上渗出豆子大的汗珠,他如冲锋一样喊叫着把我的母亲一次次送向情欲的高地。我的母亲,我那十六岁的母亲被摆弄着,疼痛且渴望地迎合他的一切。他们在自己的世界里畅游,忘记了所有,忘记身处的四周,忘记了从地里扛着锄头回家的姥爷。

苏猎户推开门便看见了在他身子底下的母亲,母亲的红色肚兜甩在了一旁的一块青石头上。她的雪白的大腿露在外边,在黄土地上乱蹬。母亲的麻花辫子散了开来,耷在石头墙上。那个自己救回来的男子光着屁股在母亲的双腿间上下移动着。他的头藏在母亲的双乳间拼命地舔食,并发出响亮的啧啧声。我的姥爷,这个在封建社会里长大,在世俗礼德里生活的男子彻底地被眼前的景象击溃。他的怒火烧到了极点,炎热的夏日午后,他本能地举起了手中的锄头,三两步跑过去,在那个畜生猛然回头的一刻,他的锄头在刺眼的光线里重重地落了下去。于是这个刚刚无比欢愉的男子瞬间经历了从天堂到地狱的路程。

他的脑袋陡然地绽放出灿烂多姿的红白花朵,红白相杂的花瓣落在忽然惊醒的母亲那赤裸的肉体上。她睁开沉醉其中无比迷恋的眼睛,刺眼的光迅疾地穿入,她惊恐地看见了他的死亡,以及死亡背后目瞪口呆满脸怒容的父亲。

她的父亲,手里紧紧地握着锄头,手背上的血管一根根地突兀出来,像迸裂一样。他的脸部显出面对死亡的恐惧,彻底变了形态。

在他的手下死过无数的生命,然而这还是第一次亲手结束一个人的生命。自己救了他,然后又一锄头砸碎了自己的善意。

她裸露的肉体在阴凉里不知该如何躲避父亲的目光,父亲的目光是刀,一把经过沧桑历史的宝刀。她恍惚,只好选择继续裸露。

鱼蔓篇 177

这是我母亲的初恋,在她父亲的锄头下,在她父亲宝刀一样的目光里结束了。

第二章 红色大河

1.死是我们爱的盐

许多年以后,我每在清晨醒来,就能闻到一股浓郁的紫薇花的香气。

那是持续了几十年的气息,始终保持着令人肃穆的清醒。那一团团紧凑的紫薇花树面前站着我和他。

青年的我和他,用黑白照相机拍摄了下来。这是我和他唯一的一张照片。他在的时候,他不在的日子,我无数次地看这张照片,渐渐地出现了幻觉。我在这黑白的照片里,看见了耀眼的色彩,是蓝和紫,蓝色而清澈的天空,紫色的花瓣。它们在我眼前晃动,我的眼睛也随之变了颜色。

栈仓来到我们村子的第一天,遇见人群中的我,跑到我的身边说,想认识我。他伸出大手,对我说,我们伟大的毛主席说过,革命只有互相帮助才能永久地胜利!所以,我想认识你,然后共同奋斗,让这个叫易初的地方土壤肥壮起来,让这里的红旗永远飘扬在最高的地方。他那双眼睛在阳光下眯起来,注视我的举动,他的强有力的大手伸在我的胸前。这是多么大胆的男子,他公然打着神圣毛主席的口号来表达他对我的爱意。我受宠若惊,我无所适从,我长这么大是第一次遇见男子要主动提出来握我的手。我的手是什么,是青春的见证,是少女的情怀,是纯洁的语言,是神圣的礼物。我的手到现在除了做过饭,拿过锄头镰刀,还写过字捧起了知识的课本,我的手只有我的母亲在我学步的时候牵过,只有和我的姐姐争夺喜爱的小东西时撕扯过她的头发。可是我的手从来没有让一个男子握过,况且还是一个来自遥远南方的陌生男子。

我退后几步,瞪大眼睛惶恐地看他。我看见了怪兽,看见了张着獠牙的魔鬼。我迅速地转身匆忙地跑开。我的心呼呼地跳着,我的腿脚都发了软。他怎么可以这样,虽然他的笑是那么的熟悉,虽然他让我想起曾经那么多的温暖。可是他怎么能在大路边,人来人往里大声地说想认识我,并在众目睽睽下要握我那圣洁的手呢?他太放肆了,他以为他是谁,不管是谁也不能肆意握我的手。

栈仓显然是意识到了自己的鲁莽,他开始用实际行动证明自己的自责。他在知青分配大会上,在河北呼啸的西北风里,灼热的烈阳下举起双手自荐要奔赴最艰苦最恶劣的乡村——大鱼庄。这是我出生的地方,这是我母亲待了十六年的一个破烂村子,在大山的深坳里,陡峭的红色悬崖是丰富的铁矿资源,几千年来却无人问津。这个巨大的铁矿一直到我走向死亡的路途时才得到了开发利用。在我十六岁的那年,我清楚记得附近的乡亲是怎样地给这大片红色悬崖下的定义。自最老的传说,这是一条恶毒的红色猛龙在为祸人间的时候,被如来佛施展法力压在了这里,并在悬崖最陡峭的一角铸了一座厚重的铁塔。这不是一般的铁塔,谁也不知道它是怎样在这样恶劣的地势上铸起来的,于是愚昧的乡民便只好定义为看不见却是神通广大的神灵。

栈仓来的那天,我正和鱼禾因为谁和母亲一起去地里谁在家里看家而大吵起来。她说,我是你的姐姐,你就应当听我的。我指着她反驳,那你是姐姐,为什么不让着小的呢?我的母亲,已经三十六岁的豢喜笑嘻嘻地站在一旁,看着她的双胞胎女儿在那里可爱地争吵。她感觉到了应有的温馨,她希望有争吵的声音来冲淡她残留的寂寥的生存意识。我一直没有彻底了解过我的母亲,就像我到如今也不能明白鱼禾是什么意思。

栈仓是早就打听好了我家的位置,他绕着宽敞平坦的大路不走,反而赤裸着小腿迈过长满茂盛蒺藜丛的小山坡,直奔我家门口而来。他背着军绿色的挎包,里面的瓷缸撞得叮当响,他嘴里叼着细长发黄茅草的叶,轻轻地哼着自编的歌谣。余晖均匀的洒在他棱角分明的脸庞上。他微笑的嘴角上扬,显出漂亮的男人特有的深深酒窝。他的目光贼亮地看着我站的地方。

易初是我见过石头最多的地方,石头大多呈青灰色,表面有细细的红褐色条纹,石质松软,密度较低,不适合任何建筑所用,于是只能采下来垒砌小的物什,如门口的炉灶,院子里乘凉的石桌石凳。这里的房屋全部是用黏土掺杂着稻草一层层地摅搅起来的,厚厚的土墙,低矮的庭院,以及屋顶上因日晒而变成黑色的稻草秸子。这些形成了一个独特的易初,一直到我死的那一年,芍药给我打来电话,问我,你知道易初现在是什么了吗?我问,它还能是什么?芍药在电话里自豪地说,现在,易初是国家AAA级民俗旅游度假村了。

那是二〇〇三年的冬季,后天就是大年除夕夜,可是我感觉到自己的生命耗到了尽头。

我说,芍药,我快要死了。

我说,芍药,你母亲可能快要死了。

这一年,鱼蔓五十五岁,她死的时候,看见了母亲与那只大鸟,一只灰色羽毛和胸腹有白色条纹的大鸟。

易初的石头如此多,自然少了种庄稼所需的土壤,你站在易初最高的山顶上向下望去,会让你绝望透顶。在这里,你将会看到一个色彩斑斓的世界,那是青灰色石头和红褐色石头纠缠交错,错综分布的结果。可是你不会看到一块完整的连在一起的庄稼地。这里的庄稼无奈地适应了这样的恶劣环境,它们见缝就钻,见土就扎根发芽。每当我站在这个山顶上,我总是想起在这里日起而耕日落而息的百姓。他们被这里折磨得毫无意志,也没了开拓的勇气。他们是河水里圆圆的鹅卵石,是高山坡上随风摇摆的枯黄茅草。他们失去了人的本能,那是人最原始的本性,彻底地被易初搜刮干净了。

而我就是生长在一个这样的地方,唯一令我欣慰的就是我家院子外的那一棵紫薇花树了。那是一棵清朝乾隆年间栽植的,距今已近三百年的古树。丰盛的树冠遮盖了整个庭院,粗大的无皮树干,抚摸上去可以感觉到历史在呼呼地流淌,根节大部分已裸露在清新的空气里。紫薇花可能是世上少有的无皮植物之一,这注定了它的特立独行,它的花期在植物界也是数得着的,从立春一直反复盛开到初冬。浅紫色繁盛的花瓣洋洋洒洒地挂满枝头,虽无牡丹的富贵,也无桂花的芳香,但是它的景色确实是可以让你一年中的大半时节沉溺于其中而不自知。

我就是站在这棵花树下,看着母亲领着鱼禾朝东山坡的地里渐渐走远,晨曦的阳光围绕着我伟大的母亲,还有我厌恶的鱼禾。我也看着那个叫栈仓的男子朝我一步步走来,脸上挂着自信的笑容。

他是看见我母亲走远了才开始行进的,在我与鱼禾争执的时候,他在远远的地方停下来,等着我母亲快点离去。

他朝我走来,今天换了一条白色直筒的确良的裤子,两边的裤兜绣着黑色的花边,穿着红色的工人衬衫,胸口戴着银白色的毛主席头像。他离我越来越近,我惶恐地呆立在紫薇花树旁,我抬起头,双手五指伸开交叉叠在一起,然后慢慢地挪到眼前。于是我的目光穿越了指缝,穿越了紫薇花树的枝叶,我看见了耀眼的金黄色光线,看见了母亲诉说的天堂,我看见了他,那个背着我四季轮回的父亲。

他看着我说,来,鱼蔓。鱼蔓,来。

栈仓的脚步在我面前停了下来,他看着我奇怪的样子。

他说,来,把手放下来,你看,我手里是什么?

2.折断飞翔的翅膀

那是几十年前的一个夏日午后,我的姥爷,那个姓苏的猎户,用刚从地里锄完野草的锄头砸死了和我母亲欢爱的不知名的男子。然而在男子灵魂出壳走向苍茫的远处,不知天堂还是地狱的时候,一个崭新的生命在母亲的子宫深处扎下了柔弱的根。

母亲在男子猝死的眼神里看见了生命的神奇延续,男子的目光停留在母亲赤裸的私处,那里储藏着他的不甘死去的魂魄。母亲也听到了生命嗞嗞延伸的声响,她惶恐地捂着自己的小腹,看着面前怒视的父亲。我的姥爷很快地缓过神来,奔进里屋拿着一件灰色长褂搭在母亲的身上。

快穿上到屋里去,你这个贱人。我的姥爷这样喊他的宝贝女儿。

苏猎户显然是了解了已经发生的一切,让他致命的是地上没有女儿因拒绝强暴而撕扯的痕迹。这只能说明女儿完全是自愿的行为,那么她还不是贱人又是什么。在这个战乱的年代,死一个人不算什么,没有人会来找他苏猎户的麻烦。可是他的女儿呢,在不到半年的时间里,连着遇上了两次这样的事。如果说第一次遇见日本鬼子是老天爷保佑,那么这次就是她该遭天杀的了。一个未出嫁的女子竟然在光天化日之下,在炎炎夏日午后自己的庭院里,如此沉迷地和一个陌生的男子交欢。这不遭老天爷的报应,那老天还有眼吗?

我的母亲,十六岁俏丽的豢喜这时躲在里屋里,慌乱地穿上了衣裳,她目光涣散,秀发四散。我的母亲此时的心情应是最慌乱的。她刚刚还在享受青春的愉悦,品尝禁果的香甜,就是到现在私处的疼痛依然。她轻轻抚摸自己的身体,不敢相信自己做出了如此疯狂、以前想一下都脸红的事。她还在刚才的汹涌中没有缓醒过来。她只是穿上了遮羞的衣裳,无力地蜷缩在灰暗的墙角里。

这是一个无比憋闷的午后,苏猎户在屋后的菜园里挖了一个一米多深的大坑,然后把那个男子推了进去,再掩上松散的黄土和零碎的石子。他从村口的老井里提来了水,一瓢一瓢地舀着泼在洒落鲜血的院子里,直到血冲得干干静静,连空气里也没有丝毫气味的时候,他才停歇下来,舀一大瓢水猛地灌进自己的腹腔。冰凉的井水让他彻底地醒来,他醒来将要面对一个难以解决的问题,他的女儿怎么办?

正是这个时候,我母亲的婚事自然地赶了过来。西街口的柳婆在一个暴雨即将袭来的午后踮着小裹脚迈进了我母亲的门口。我母亲正从地里锄完草,刚洗了手向锅里添上了水,在炉灶里塞满玉米秸子刚要点燃的时候,我的姥姥过来把母亲拽进了里屋。

浓厚的黑色云彩重重地压在了屋山头上,村口院子外高纵的杨树随着狂风的骤起剧烈发了疯地摆动。院子里的沙石黄土兜了起来,灌得天地灰暗无光。母亲坐在炕头上,听着柳婆的碎碎言言。

她说,你看,这么好的人家,上哪儿去找?再说了豢喜的事在这个地界也都是传遍了的,在四村八店哪户人家能要这样的媳妇?我看啊,豢喜的娘啊,你就说一句话,这事也就定下了。你说那何家是方圆百里有钱有势的人家儿,咱闺女啊怎么算计也吃不上亏啊。

我的母亲不知道什么何家,更不用说要嫁的人是什么样子。她趴到窗户上看见外边的天,顿时没了兴趣,有种万念俱灰的思绪。她看见了那个曾经无比欢愉的凉棚被狂风揭了开来,在院子里翻滚。这时我的姥姥还在擦着哗哗不止的眼泪,没有说一句话。就在柳婆等得不耐烦的时候,我的母亲——十六岁的豢喜凑了过来,她一句话便定下了自己的终身。

母亲说,这个鬼地方实在憋得慌,我是一刻也不想待了。柳婆,你回去让何家下彩礼吧。越快嫁出去越好。

  我的母亲后来告诉我,自从她骑上那辆崭新的自行车,就以为可以这样一直地飞下去,飞过这短暂且痛苦的青春。没有想到会接连出现这么多的事。我母亲的童年是一直到十六岁才结束的,而我母亲的青春期却只是持续了十六天。我的母亲要嫁人了,在十六岁那年的夏天。

  何家的彩礼很快送了过来,鲜丽的红色绸缎,真正的苏州刺绣;一对景德镇的瓷器娃娃,憨态逼真;一对刚开刀的肥猪肥羊。用雪白的面捏成的一对鸳鸯,在蒸笼上蒸熟了,点上鲜红的胭脂,放在碧绿的荷叶上盛着……一件件的彩礼堆满了母亲的屋子。我的姥姥和姥爷却都是低着头无脸见乡亲的样子。姥爷更是紧绷着脸,似乎是在受着奇耻大辱。

  唯有我的母亲是应有的喜气洋洋,满脸的笑洋溢开来,如花似水般。婚期定在了三天后。

3.那一阵风一直没有来

　　他让我睁开眼睛。

　　他说,你会感到惊喜。我的手从眼上慢慢落下,刺眼的光线穿过我柔嫩的皮肤,我看见了他手中捧着的东西,黑色,四方形的,像石块。那是我第一次看见相机的形容词,它如果没有那些精致的按钮和光亮的镜片,它在我看来和山上的黑色石块是差不多的。

　　他说,这是高科技产品,叫做相机,是他下乡时偷偷从家里带出来的。这个相机是家里唯一值钱的东西,是他父亲积攒了半辈子的积蓄买的唯一一个奢侈的东西。他继续说,这个相机自从买来以后,他连摸都要小心翼翼的,更不用说要用了。他的父亲也是偷偷买来它,一直背着他母亲。为了这个相机,你知道吗?我父亲一年没有喝酒,他是把一年的酒钱全花在这个小东西上了。

　　他说,你看这个银闪闪的按钮,我只要这么轻轻地一摁,你现在的这个样子就可以永久地记下来了。

　　我一直不知道昨天的自己是什么样子,我也一直明白时间在呼呼地向后奔跑,我刚才捂着眼睛的动作,我刚才看见的幻觉,我与鱼禾争吵的样子都一一飞走了,不会再现了。可是他却说,只要他轻轻地按一下那个钮,就可以留住这即将飞逝的一切。怎么会这样呢?如果可以,那么我那十五年前死去的父亲,我那在他肩头上轮回的风景,我那曾经年轻温柔的母亲,无论如何地事过境迁,我还是可以一一地看见他们,看见曾经的美丽,曾经的彷徨,曾经的快乐和忧伤。

我不相信世上会有一种这样神通广大的东西。我说,我不信。

栈仓终于听见我的声音,立即轻松起来。他说,你怎么不信呢,我现在就试给你看。他端起相机,退后几步,光亮的镜片对准了我的眼睛,耀眼的光反射过来。我说,我就站在这儿吗?后边的花树也能留住吗?你一定要记下这些花儿,再过一个月,它们就要谢了,我就要等到明年了。

他把一只眼睛凑近相机,说,好,我记下了。你要站好,你要笑,还有你的麻花辫子怎么放在背后了呢?你要把辫子放在胸前。

我看看自己的麻花辫,今早起来我自己梳好就甩到了后背上,为什么非要放在胸前呢,弯腰走路都不够利索。我的麻花辫一直都是放在后背上的,只有鱼禾从生下来起就把辫子扎在前边。

我很随便地把辫子拨到胸前。我问他,这样可以了吗?

这时栈仓把相机放在了身边的石垛子上,然后迅速地跑到我的旁边,揽住了我的腰。在我还没有从惊诧中醒过来时,只听见咔嚓一声清脆的响声。我在耀眼的镁光灯里挣扎出他的怀抱,全身的血液飞速地升腾。我捂住滚烫的双颊,急吼,你走开!栈仓似乎是达到了目的,拿起相机,走到我的身边。他说,告诉我,你叫什么名字?

我呼地跑进院子里,关上厚重的木门。我捂着狂跳的心,全身酸软地倚在门闩上。自从遇见他以来,我第一次感觉到了这种说不清的滋味。我满可以在他抱我的那一刻,死命地挣开,我满可以在我醒过来的时候,给他重重的一个耳光,可我还是没有,我连瞪他一眼的想法,骂他一句的念头都没有。我是怎么了,我只是心脏狂跳,身体滚烫。我这是怎么了,他这样粗鲁的一个男子,我为什么不狠狠地扁他一顿?我一直不明白,直到那一个除夕的晚上,我又一次遇见这个男子。

自从这一次拍照事件后,很奇怪的是他很久没有出现。记得他离开时在我门口留下的一句话,记得我,记得我回来给你送这张照片。我等他走远了,才推开门,然后看见了门口黄土地上的那幅画。一幅在松软的黄土地上,用手指勾勒的素描。画里的女子倚在一棵老树旁,辫子甩在胸前。旁边一行小字:栈仓,一九六五年七月。

有些事真的不是可以随便忘记的,他说他能留住过去的事。他说,记得他会回来,可是他一直没有回来,原因我无法得知。我以为我可以很快地把一个人忘记,我以为他只不过是那幅画在地上的素描,风一来,就不见了。

然而,我却一直没有等到那阵风来。

4.找不到回家的路

农历的九月十九,开皇太岁,不宜丧娶。

我的母亲却要在这天嫁入何家,似乎从日子上就可以看得出来,这是一次失败的婚嫁。我的母亲穿上了大红的嫁衣,头上顶着凤凰图案的霞帔,穿着红底绣绿色鸳鸯的绣花鞋。何家一伙四人抬的花轿,以及吹唢呐和打鼓的艺人风风火火地抬走了我十六岁的母亲。

我的母亲在上轿的时候,流了眼泪,不是离别的泪,是即将离开却欣喜的泪。泪水弄花了妆容,母亲便在轿子里掀开霞帔,口里哼着歌谣,给自己再补上一次妆。她是那样地轻松,感觉这是一次愉悦的旅行,她看着路两边摊开秧子的地瓜地,红穗高举的高粱,还有开着雪白果实的棉花田,她曾飞翔的田埂,她摸鱼摸虾的村前小河,还有弯曲的挂满红果的柿子树。她一一向它们致以亲切的问候,一一向它们挥手。她想,我有空一定会回来看你们的。

然而我的母亲却再也没有回来,到死也没有找到能够回家的路。

何家是方圆百里出名的富户,出了连绵的山群,何家大院就坐落在大山的入口,面向东方的无垠平原良田。何家祖辈上起家的是一个瞎子,一直在外乞讨,有一天饥寒交迫地流浪到这个山口,似乎是真的得知了天机,便在此落了脚。从住山洞,开垦荒山,两年后盖起了三间茅屋,到了他儿子那一代,大片的荒山开垦成了天字号良田,逐渐地发了起来,房舍也是越盖越大,越来越有气派。何瞎子死的时候,正是八月十五中秋节,半夜就飘起了鹅毛大雪。瞎子弥留之际,把三个儿子一一叫到床前留下了遗言。给三个儿子说的话中只有一句是相同的,那就是死后把他葬在半山腰的有两棵枣树的洞里,那正是当年他落魄避寒的山洞。

他告诉大儿子,你太憨厚,不适合经商从政,只要待在家里把这大片的田地耕好就行了。大儿子说,爹,您放心,我不会丢您的脸。瞎子却摇摇头苦笑两声不再说话。大儿子退出去,接着二儿子进来,他说,你从小机灵,可以出去经商,到城里开个粮行。二儿子也是满口答应。瞎子还是摇摇头。三儿子进来时,瞎子已经快要断气了,他握着三儿子的手,说,我泄了天机才有这份家业,怕是报应要在你们身上了。三儿子问,那怎么办?瞎子张张嘴,却已吐不出声来。瞎子死的时候,身躯扭成了麻花,右手僵硬地指向了西方。

瞎子死后,二儿子守完孝就进城开起了粮铺,没成想收上来的粮食价格大跌,赔得倾家荡产,一家人成了乞丐。而大儿子守家持耕,在秋收的时候家里遭了土匪的劫洗,一家三十六口全被杀害,所有的财产也被一扫而空,辛辛苦苦两辈人建起来的家业也被一把火烧成了灰烬。只有三儿子守完孝后一直向西行走,躲过了这一劫。然而他也是没有避免被劫财的命运,身无分文,无家可归地开始四处漂泊。但是他一直记得父亲死的时候那一只僵硬的手指。他一直向西走,后来在拉萨的一个寺庙里出了家。

许多年后,当这里的人们都快要忘了何家的时候,老三回来了,带回了三箱子的金条。他买通了官府,和山贼拜了把子,并买下了这方圆百里的良田。半年内,一座豪华的何家大院又建了起来。

这一年,他已经六十六岁了。

自从何老三在这里当了财主,半年内就连着娶了六房太太。他六十六岁却身板硬朗,在房事上一点也不含糊,每天都要搞上一次,有时候更是把六个太太一起叫来大搞一场。可是让他懊丧的是,却没有一个母鸡能下个蛋出来。眼看着离死不远,偌大的家业却无人继承,这时一个风水先生给他献了点子,娶一个今年十六岁二月出生的女子,和他交合,一定能生个儿子出来。

我的母亲就是在这个时候嫁进了何家,一个刚刚兴起、富得流油的何家。可是她却还不知道她要嫁的是一个已经可以做她爷爷的老头子。

5.鱼蔓,我是不是快要死了

　　我趴在门缝边看着他悄悄远去,我以为他一会儿就回来,至少明天一定会想法跑出来看我。于是我每天都站在那棵紫薇花树下等待,等着他从太阳升起的地方跑过来,然后粗鲁地抱住我。每当我想起他抱住我的那一瞬间,就浑身发烫、乱颤。

　　可是十几天的等待以后,我看着天空越来越暗,头上的紫薇花开了谢,谢了又开。我知道,他可能走了,我可能再也见不到他了。我顿时坐在了黄土地上,这个给我带来温暖、带来回忆、带来伤痛、带来慌乱的男子离开了。我心里刀割般地绞痛,我后悔得要死。在尘土飞扬里他跑来说要想认识我,要握我的手,我怎么能呼地跑开呢?我为什么不告诉他我的名字叫鱼蔓,我还应该握着他的手,是紧紧地相握,是的,我们要在伟大领袖毛主席的指引下,踊跃前进,共赴胜利。他说得多好啊,他说让这片叫做易初的土地永远红旗飘扬,他说要共同奋斗把这儿开垦成肥沃的土壤。我怎么就跑开了呢?

　　他找到我的家,他等着我母亲和姐姐离开,他过来给我看一个叫相机的东西,他还要给我拍照,他最后又迅疾得像一阵风一样紧紧地抱住我。

　　可我又一次失去了拥有他的机会。我真是悔恨到了底,我恨不得一头撞在身后的紫薇花树上,可是又想,如果就这样死了,那就更见不到他了。是的,我要寻找,我一定要找到他。如果没有了他,我活着还有什么意思呢?

可就是在这个时候,我的母亲出事了,她趴在地沟里拔草的时候,一头栽在了草丛里。鱼禾正蹲在地沟的上边看蚂蚱吃食儿,我的姐姐虽然也是十六岁了,可是长得瘦弱,胸脯没有我的高,脑子更是不大灵活。她看见母亲栽倒在草丛里,吓得哇的一声大哭,跑过去大声地喊着母亲,可是母亲白眼外翻,嘴里一抽一抽吐着白沫儿。这时鱼禾想起了我,然后连跌带爬地跑回家,找到正在紫薇花树下望向南方的我。

不好了,鱼蔓,娘倒在地沟里了。我收回思念的眼神,又问了一遍,才知道母亲可能中暑了。母亲一向身体不好,眼睛又渐渐地模糊看不清东西,现在虽然入了秋,可还是闷热得要死。我说,姐,你上屋里提上壶茶水,我先去。

我匆匆跑到母亲所在的地沟,看见母亲惨白的脸,嘴里吐着白沫。我跑过去抱起我的母亲,找了个背阴的土坡平放下来,然后用拇指使劲地掐她的人中。鱼禾跟着跑来,我接过她提的茶水,缓缓地倒进母亲的嘴里。母亲渐渐睁开了眼睛,摸索着寻找到我的手。

鱼蔓,我是不是快要死了?

我说,母亲,不会的。母亲好好的怎么会死呢?

我认为母亲只是一般的中暑而已,在阴凉通风的地方躺一会儿,就会好起来。可是当我把母亲背回家,在清凉的床上躺了一下

鱼蔓篇 195

午,喝了一大锅绿豆汤她还是坐不起来时,我才意识到事情原来不是那么简单。我的母亲是病了,而且很严重。母亲一直呻吟着喊痛,却又说不出具体的地方。母亲说她晕倒的时候做了一个噩梦,梦见过了奈何桥,进了阎王殿,正要签生死簿的时候,毛笔忽然被一阵清凉的风吹走了。然后她醒过来看见了我。

到了上灯的时候,母亲开始呕吐,喂到嘴里的饭菜在腹腔里打了个来回又全部吐了出来。鱼禾站在一旁,抽泣着不知该怎么办。我抱起母亲倚在床头上,我问母亲,你到底怎么了?

母亲已不能回答,回复我的是又一阵呕吐。我喊着,鱼禾,快去大鱼庄,把宋大夫请来。

鱼禾擦着眼泪跑出去,又被我叫回来。

你怎么不带上药票和钱啊。鱼禾应着匆匆跑去。

我焦虑地抱着母亲,我说,母亲,母亲你不要死,好吗?

6.母亲的初夜

母亲在初秋里,一路到了何家。

这是在那个年代难得一见的豪华婚礼,方圆百里的各类艺人,县里最好的唢呐手,鼓手,还有最好的戏班子,戏班子又分成鲁系,粤系,以及京腔,各色艺人轮番登场,从何老三大喜的前三天就开始了排场,而且还要持续上七八天。这一天的何家成了一年中最繁华热闹的庙会。围得水泄不通的人群,都踮起脚尖昂起了脖子想一睹我母亲的芳容。这里的人还不知道我母亲被鬼子劫上山的丑事,那个风水先生只是泄露说,她是唯一能给何老三生个崽的小婆姨。

何老三连着娶了六房,过了半年她们依然肚腹平平,毫无迹象。四方的乡邻都在背后大快人心地传说着,看来是何老三不中用了,就是再娶上六房,他也撅不出个崽来喽。其实中国人大部分都是这样,对于一夜暴富忽然发迹的人家都抱着一股怨恨,恨不得来点天灾人祸,或者断子绝孙什么的。虽然自己不能得到一丁点的好处,也是可以雪上加霜,火上浇油的。

可在这个时候,忽然来了一个一定能下崽的婆姨,怎能不让这些人来看个究竟?所以这些人围观的不是喜庆,而是等着看热闹。我的母亲就这样在怨恨,在疑虑,在幸灾乐祸的境况下迈下了轿子。一双精致的绣花鞋裹着一双娇小玲珑的金莲踩到了这片历经了风雨沧桑的土地上。

何老三早就衣帽端正地站在一旁等候了,请来的有资格的婆娘搀扶着母亲的手臂,走出了轿门,再把何老三手中的红绸子的一端握在我母亲的手里。

何老三眯缝着眼睛,红光满面、笑呵呵地向祝贺的乡邻打躬。这不仅是他大喜的日子,这不仅是他娶一个姨太太那么简单的事。他迎接的是自己的子孙后代,是自己的颐养天年,是证明自己还行的明证。我是谁,我富甲一方,怎么能把这么显眼的面子给丢了呢。

　　婆娘搀扶着母亲迈过了烧得正旺的火盆，迈过横着桃木杠子的大门槛。从此，我的母亲成了何家的人。

　　在拜堂的时候，母亲发现了这个秘密。她在双方对拜的缝隙里看见对方花白的胡子，这瞬间的一幕给了母亲当头一棒。母亲什么都想到了，丈夫可能是一个吃喝嫖赌不务正业的富家子弟，也有可能是一个丧妻的书香门第，或者是一个有钱的地主的儿子，她就是没有想到她要嫁的那个男子是留着花白胡子的老头。

　　现实不容得母亲继续猜想就被推进了洞房，一个叫菊云的丫头陪着我的母亲。何老三出去敬酒去了。母亲坐在花床上如坐针毡，心里更是翻倒了五味瓶。她不能开口，不能走动，更不能去找个人问个究竟。她已经和那个男子拜了天地，这是不能更改的事了。她胡乱地猜测着这是一个什么样的老头，他做什么，他会对她怎样？

　　就这样到了晚上，点上蜡烛的时候，我的母亲忽然平静下来。她就是一个这样的人，一个遇事不惊坐怀不乱的女人。那年她只有十六岁，她面对这样的难题就已经在心里默默做好了以后的打算。她想，这样也好，反正我也不是一个干净的女子，一般的人家哪有敢要的啊。何况这是一个富人家，应该亏待不着我的。我也不怕他们欺负，我是谁啊，我是豢喜。

　　母亲听见了男子开门的声音，然后是丫鬟退下去的请安声，这时他走过来，一股浓浓的酒气也扑面而来。何老三拿起一旁的秤杆一下子就挑起了我母亲的红盖头，然后他看见了一个百里难求的小美人。我那刚刚十六岁的母亲，脸蛋比桃花儿还要娇艳，皮肤比山上的泉水还要滑润。我的母亲看着面前的男人，用手帕遮着半个脸，朝醉醺醺的何老三轻轻地一笑。这一笑，何老三彻底醉倒了，像饿狼一样扑到了母亲的身上。

我娇弱的母亲半推半搡着脱下了大红的衣裳，春光乍泄地躺在宽大松软的花床上。何老三被眼前的美景谜得再也拿不住一点心神，一头扎进了母亲的怀里。

初秋的夜晚，明月高挂在窗外的天上，透过窗外的月光，我的母亲蜷缩在床阴暗的一角。何老三喘着粗气满身大汗地从床上爬起来，回过头瞅一眼我那娇羞的母亲，呵呵地笑了。

第三章 白色山峦

1. 曾经的快乐与忧伤

在我十六岁之前的所有记忆里，母亲除了眼睛过早地老花了之外，很少有生病的时候，就是头疼感冒一年都没有一次，所以母亲是一个很健康的人。当宋大夫说出母亲可能要一生瘫痪的时候，我愣愣地看着又一次因疼痛而昏迷过去的母亲。随即我扭过头，恶狠狠地盯着眼前这个胡说八道的庸医。我伸手猛地一推他，你快给我滚。我号叫着像刚刚遭遇灭子之灾的母兽。宋大夫没有想到十六岁的我会如此愤怒，转身惶恐地跑开了。

鱼禾蹲在墙角哭得不成样子，这个就知道和我争吵的饭桶一点忙也帮不上，还净给我添乱。我朝她大声地喊道，你哭什么啊，有什么好哭的？母亲就是中了点暑。你至于这样吗？

可是当我朝她吼完，当鱼禾停止哭泣的时候，我猛地扑在母亲身上号啕大哭起来。

母亲,母亲,你不会一生瘫痪的。母亲,你醒醒啊,告诉我啊。你说话啊。

可是任凭我如何呼喊和推搡,母亲依旧昏迷不醒。在日落的时候,屋里的光线渐渐暗了下来,我慢慢冷静下来,我开始像一个成年人一样考虑事情。事情是严重的,我的母亲,养育了我和鱼禾十六年的母亲,这个心比天高的三十几岁的女子将要如此地终老一生了。自从那个他卧轨自杀,就再也没有见到她真正地笑过。她也不曾哭,她始终紧绷着脸。看着她的两个女儿日益长大,她是欣喜的。从她不能言语的眼睛里,从她因劳作而粗糙的手掌上。可是她从此再也不会在眼中流露感情了,那时我只知道母亲是瘫痪了,在如今叫做植物人。我的母亲浑身上下只有右手的三个手指会弯曲,以及眼皮的上下翻动,其他的部位都以有生命的状态死去了。

我没有见过我的亲生父亲,对于背负我奔跑的那个男子也只是在不可思议的记忆里。那是我超长的记忆力,可以记起母亲的前生和今世,母亲说这是她的遗传,她在少年的时候,能看见自己的前生在天空中飞翔,那是一只白色羽毛,胸腹部有灰色条纹的大鸟。

母亲含辛茹苦地一个人拉扯大我们,谁也无法想象她所受的委屈、疼痛、孤独以及折磨。曾经跟在忙碌的母亲身后,我发誓要一生一世报答我的母亲,明明知道那样也是无法圆满恩情的选择。我放弃一切也要这样地做,因为我总是梦见母亲年轻时候所受的折磨。我在一次次的梦中看见我母亲的过去,它们在我的身边走过,那些十几年前甚至几十年前的事在我的视野里一一掠过,是车窗外的风景,看得如此清晰,却无法触摸。

母亲一生经历的那些男人,一个个在我面前走过,他们没有一个是寿终正寝的,都是血肉模糊死于非命。

那天晚上,没有人会来做饭给我们吃,也没有人喊着让我们赶紧入睡。鱼禾傻乎乎地缩在墙角,看着自己弯曲的脚丫子。我握着母亲的手,紧紧相握,十指连心,我感受母亲依旧有的温度。她开始没有了疼痛的知觉,已不再呻吟,她以后是再也不会感觉到疼痛了。她的眼皮还在动,和入睡的样子没有什么区别。母亲的眼睛还是那样漂亮,皮肤还是那样白净。

我想迅速地入睡,就这样饿着肚子,回到母亲的过去,寻找母亲曾经的快乐与忧伤。

2.让生命光明正大地延续下去

何家大院。

月色里桂花树下的母亲一脸的祥和,左手抚摸着微微隆起的小腹。这时何老三从正房里远远地跑来,呼叫母亲,赶紧进屋去,这要是着了凉,不是要了我的老命吗?母亲嘴角微翘,一副似怒似娇的模样。

这样的杀伤力是强大的,在母亲嫁进何府还不到一个月的时间,就彻底地征服了六十六岁的何老三。从此以后,何老三再也没有迈进过其他太太的厢房。他像壮小伙一样日夜地卧在母亲的床上,每日每夜享用母亲娇嫩的肉体。母亲什么也不想,她的爱在她父亲的锄头下以悲伤的姿势死去了,她爱得决绝,离得痛快。一场来不及告别的爱情在猩红的血液里淹没,没有号叫的声音,没有悲痛哭泣,它以一种极其静默的形式存在,又消失。

母亲从十六岁开始,心思彻底成熟。先是被鬼子掠上山林,遭到乡里的嘲讽辱骂,后是和垂死大兵相遇。如果这事情安静地发展,可能会是母亲的一段金玉良缘,可惜不是,两个在生死的世界相遇的男女,不可一世,抛弃几千年的世俗道德,终究以惨烈的灭亡结束。她父亲那把沾满血浆的锄头,不是什么凶器,是世俗的代表,是永远封死母亲以后爱情观念的厚重不可穿越的墙。

何老三是那么地疼爱她,他似乎从来没有这么疼爱一个女人,她似乎也从来没有受过这样的疼爱,事实也确实如此。两人冲破了年龄的界限,其中一个失去对爱的奢望,另一个的眼光死死地停留在传宗接代上,这样的婚姻也应该是美满的,应该是有始有终一生一世的。

在嫁入何家一个月后的一个晚上,当何老三又 次趴在母亲身上的时候,母亲忽然推开了他。他诧异地看着母亲青春的胴体,再一次欲火升腾的时候,母亲说话了,母亲说,歇歇吧,我怀孕了。

欢喜来得如此快,以至于何老三痛快地把精液狠狠地射向了空中,淋落在母亲的胸腹上。然后何老三像一只老狗一样趴在母亲的肚皮上舔食自己的精液。母亲被舔得咯咯笑起来,这是令她多么愉悦的情景。

他的生命,那个在锄头下猝然死去的生命遗留下的灵魂,得到了正常的认可,并且可以享受以前不敢奢望的荣华富贵。

3.无论多么艰难的现在,
终将是记忆和过去

当那个自称是我亲生父亲的中年男子站在我的面前,抚摩我的麻花辫子时,秋风乍起,黄叶纷飞。河北易初在这时候成了一片金黄的世界,大地,天空,树叶,还有染黄的炊烟。

母亲静静地躺在床上,从夏天躺到了秋天,鱼禾在邻村的中学上课,而我过早地做起了成年女人,去地里劳作,在家伺候瘫痪的母亲。我还是在空闲的时间里向南盼望我的男子归来,直到那个满天满地金黄一片的瞬间,我看见了他从南方而来,背着高大的行囊,穿着黑褐色的呢子风衣。近了我才看清楚,他不是我要等待的那个男子,他要老得多,有四十岁左右,脸上爬满了褶子。可是他依

鱼夏篇 205

然走近站在紫薇花树下的我，他看着我问我，你知道豢喜的家在哪儿吗？

豢喜，豢喜。我惊讶地张大了嘴。我只有在梦境里，在对母亲的年少的回忆里听到过这个名字，我从生下来就理所当然地叫她母亲。左邻右舍的乡亲都亲切地叫她大姐和小妹，小一辈的叫她姨或姑，还有鱼禾的母亲等，可是这里没有人喊过我母亲豢喜。豢喜是母亲的闺名，从来到这里就没有向别人提起。那么他是谁？这个高大的中年男子怎么认识我的母亲，还如此亲切地称呼她豢喜？

我说，当然知道，你要见她吗？你又是谁？

那个中年男子分明在我的脸庞和眼神上看见了母亲的样子。他问我，你是豢喜的女儿，是吗？

我摇摇头不想回答。我要等的人不是他，我为什么要理他。

可是他说了一句我怎么也没有想到的话。他说，你是不是还有一个姐姐叫鱼禾，你是叫鱼蔓的。孩子，来，让我告诉你，我就是你的父亲。

我愣愣地站在那里，树上的紫薇花瓣纷纷落了下来，落在我的肩膀上，我的睫毛上。他伸手捻住一片花瓣，蹲在我的面前说，好孩子，来领着我去见你的妈妈好吗？

我僵硬地挪动了脚步，推开了厚重的松木门，迈进院子，没有生气的院子迈进母亲的卧室，没有生气阴冷的空间。我领着他站在母亲的榻前，我说，这就是豢喜，我的母亲。可惜，她再也起不来了。

母亲的手指微动,眼皮向着屋顶乱翻。那个男子没有料到是这样相遇的场景,他以我来不及阻挡的速度颓废悲痛地一下子扑在母亲的身上,宽大的手掌紧紧握住母亲瘦弱的双手。

他眼眶里蓄满了泪水,却一直无法落下来。这种悲痛的姿势如此熟悉,我猛然想起这是我哭的样子,我最悲痛的时候,眼泪就是这样在眼眶里打转,却不落下。我是知道的,泪水落在心里,比落在脸上要痛得多,要痛得多。我在这双悲痛的眼睛里看见我的影子,我想,或许他真的是我的父亲。我不知道,这除了亲子遗传以外,还有什么能够做得到?

或许我的母亲在这里等了他好久,一直没有等到他回来;或许他找了母亲好久,直到今天才走到这里。老天是这样地弄人,这样地无情。

我就是那样胡猜乱想默默无声地站在他们的身后。母亲显然认出了他,手指快速地上下移动,眼皮努力地张合。

在灰暗的光线里,我突然看见母亲的一滴泪水从眼角缓缓地流了出来。

4.紫水晶耳环

一九四六年的初春。

母亲的肚子越来越大,离分娩的时间越来越近了。可是在这个时候,土地改革解放佃户打倒地主的运动如火如荼地在这片闭塞的土地上展开了。

那是一个天气晴朗,柳绿风香的早上。何老三如往常一样在母亲的床上伸了伸懒腰,开始穿上衣服,正要喊丫鬟洗漱的时候,就听见院子的大门被轰的一声撞开,一队穿灰色军装的官兵手持枪械冲了进来。在何老三还没有反应过来到底发生了什么事情的时候,就已经被五花大绑押了出去,随即押到南河边的柳树林里一枪毙了。

领头的是一个排长,到了下午他召开了全民大会,宣布何老三的十大罪状,欺压百姓,鱼肉乡里,欺了孙家的男霸了刘家的丫头,总之两个字"该杀"。排长腆着个肚子唾液横飞地侃了一通,最后才开始说分土地的事。

当乡镇里的老百姓们一个劲地夸党的政策好时,何家人院里的女人们开始哭成一片。仆人丫鬟乱了套,跑的跑,逃的逃,而且都顺手揣上一包值钱的金银首饰珠宝玉器。姨太太们也陆陆续续地背着这些年私自攒下的私房钱离开了大院。等到我母亲要走的时候,才发现值钱的东西已经所剩无几了。

她哭哭啼啼地跪在自己的厢房里,身上唯一值钱的东西也就剩了枕头底下的两颗九眼天珠石,还有耳朵上戴着的绛紫色水晶耳环了。那两颗天珠石是何老头的随身携带之物,一直挂在红色绸子腰带上,只是昨晚摸到母亲的屋里,一早起来正哼着小曲儿,还没来得及佩戴上九眼天珠,就被拉到小树林里一枪毙了。那两颗九眼天珠正好落到了母亲的手里。母亲最小,来得晚,何老头的珠宝已经被前几个姨太太搜刮得差不多了,娶进她时,也只是找县城的王匠人做了副水晶耳环,上面精细地刻着"豢喜"两个小字。

这两颗珠子到底值多少钱母亲一点也不清楚,但是看何老三整天不离身的,也绝对不是便宜货。母亲日常在何老三的唠叨中对这珠子也了解了不少。据说是何老头穷困潦倒时跟着商队去西藏拉萨,在大昭寺向活佛求来的,自从他戴上这两颗珠子,回到老家就忽然一夜暴富,成了当地最大的财主。至于银子和地是怎么来的,外人却一概不知,他也像做梦一样,在贫贱与富贵之间来了个轮回。

可是谁也没有想到,珠子最后竟落在了一个小妾的手里。

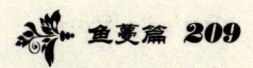

这天夜里，母亲夹着换洗衣服的包裹，里面还有那两个无价可估的九眼天珠石，以及耳朵上戴着的紫水晶耳环，离开了何家。

也就是在这个时候，母亲遇见了我的父亲。

5.来来去去的那些男人

天渐凉了。

我从母亲清澈的眼泪中看见他的影子，看见了我的父亲。母亲的眼泪是再好不过的证明，没有真凭实据我也认定了他是我的亲生父亲。

阳光好的时候，他把母亲抱到屋外晒晒太阳，他一直拉着母亲的手，诉说曾经的风华。他时而趴在母亲的耳朵上喃喃细语，时而看着天空哈哈大笑。他在母亲面前像一个孩子一样，他说他是怎样遇见的母亲，他说他是怎样失去的，他说他又是怎样找来的。

许多年前的那个深夜，母亲怀着身孕离开了何家，她不知道这时除了回到自己的老家之外，还能去哪里。她本想老老实实地做一辈子姨太太，把肚子里的孩子抚养长大，那是她唯一的爱，她要结出果实，让果实再结出果实。可是怎么会这样呢？算得上是好日子的生活过了还不到一年，又一次发生了翻天覆地的变化。何老三糊里糊涂地被一枪毙了，刚刚活生生的人一转眼就没了。何家大院瞬间瓦解，跑的跑，抢的抢。

母亲无助地走在深夜的山路上,这时两个官兵从山沟里蹿出来拦住了母亲的路。这些丧尽天良的官兵,拿着国家的俸禄,还想再额外赚点外快,单身夜行的母亲自然被他们盯住了。可是当他们看到挺着大肚子,满脸都是妊娠斑的母亲时,色心顿时去了,他们的狗眼开始盯上了母亲的包袱。就在他们撕扯母亲的包袱,并趁机乱摸的时候,父亲出现了。

父亲是何家的管家,叫何春。他在遇见母亲前娶过一房媳妇,可惜过了不久得了场怪病死了。后来父亲再也没有娶妻,直到遇见母亲。父亲冲上来,以不要命的姿态轰走了这两个畜生。母亲是认识父亲的,父亲为人本分忠厚,一直得到何老三的信任,当初下聘礼迎娶母亲都是他领着的。何家倒了,他要赶回老家,想分上两亩土地好好地过日子。他回家心切连夜赶路,没想到正巧救了我的母亲。

母亲看见他,本来就极度恐慌的她一下子晕倒在了他的怀里。

后来,母亲没有回家,而是跟着父亲去了另一个村庄。她怀着一个八个月大的孩子嫁给了何春。

再后来,母亲生下了那个孩子,因为孩子的头特大便起名何大头。

过了两年,母亲怀上了我和鱼禾。就在我们刚刚在母亲肚子里还不到一个月的时候,父亲一早去乡镇赶集,就再也没有回来。

父亲这一走十六年,杳无音讯。

母亲在家里也待不下去了,父亲的堂弟为了霸占父亲的三间茅草屋和几亩田地,拿着棍子逼着母亲离开。

我可怜的母亲啊,总是无法安身。当时才十八岁的母亲,怀里抱着嗷嗷待哺的大头,肚子里又有了新的生命,她第一次对生命彻底地失望。她一路走一路乞讨一路哭,出了山东境内,到了河北易初的时候,她看着路口的歪脖子柿树,想到了解决这一切的办法。

那就是死亡。

6. 她对他的秘密

天空暗淡无光,苍凉地飘起了鹅毛雪,白毛风呜呜地吹着。

我瘦弱的母亲蹲在硬邦邦的黄土地上抚摩儿子的大头。还不到一岁的大头,刚刚学着爬行,刚刚会咿咿呀呀地喊娘。他睁着乌黑滚圆的眼睛看着母亲突然呵呵地笑了起来。大头稚嫩的笑声终于让母亲打消了死亡的念头,母亲轻轻地摸着孩子的头,泪水在眼眶里无声地滑下来。

我的母亲对生活向来都是乐观的,对前方充满了无限的希望。可是现实就是和她过不去,一个个接近她的男人,不是死了就是不见。她想找个人问问,可是没有人来理她,这个时候,她把大头紧紧地抱在怀里,另一只手摸着肚子里的新生命,看着雪花,站在陌生地界的白毛风里彻底地绝望了。她对爱情绝望是一次磨难,那么她对生活绝望又是一次什么？这时的她想起了目光追逐天空上飞鸟的岁月，想起了漫行于田埂上的时光。她还在苍凉的飘雪里看见了那个给予她爱情的男子。他们相偎相依，他们在幸福中沉醉，他朝她伸出手，他紧紧地把她放在了黄土地上。

我的母亲终于哭了，是撕裂心肺的大哭，雪花惊恐地四散纷飞，大风也改了方向。在母亲倔犟地站立在风雪中时，又一个男子走进了母亲的视线，他就是把我放在他的肩膀上轮回了四季的那个男子。

他叫尚。

一九二九年的冬天，被某军追赶的一个部队经过易初县这个叫大鱼庄的小村子。尚的父亲是这个部队的副指挥，母亲是一个护士。在生下尚之后，母亲因为营养缺乏再加上一路逃奔身心俱疲，不幸离开。父亲为了逃避部队的追赶，也为了行军方便，便把尚交给了当地的一个老乡，给了五十个大洋，并千叮万嘱，说好了等部队安定下来，就把尚接走。可是一直过了这么多年，依旧没人来接。尚也死了心，或许那个父亲早就在战火中被打死了，这个年代的事又有几个人能说得清呢？

尚在回家的路上遇见了母亲，在风雪中看见抱着孩子瘦弱的母亲。

他把她领回了家。

在母亲最无助的时候，尚的出现是老天对母亲的垂爱。尚一

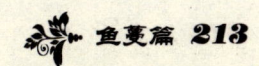

直没有娶妻,在那个年代,二十好几没有对象是很不正常的事。也相过几次亲,却没有一个合适的,直到遇见已做了一个孩子母亲的豢喜。

我就一直不明白,母亲到底有多么大的魅力,让这么多的男人迷恋。可是我就是相信我的母亲,她一定是一个让人终生难忘的女人。

尚看见母亲,并不在乎母亲领着孩子,他劝说了乡邻四亲以及养他长大的父母,他一定要娶母亲这样的女人,其他的都不要。不让他娶母亲,他咬着牙说,那我就打一辈子光棍。

他看着母亲怀里的孩子对乡亲说,这个不是我的孩子怎么了,只要她以后生下的孩子都是我的。

他费尽周折地娶了母亲。可是母亲对于这次婚姻是恐惧的,她肚子里已怀了何春的孩子。她不知道这该怎么解释,是实话告诉他,还是一直隐瞒下去。

时光在我母亲的忧虑中一滴滴地走过,我的母亲始终没有勇气把这个秘密说出来。

第二年的初春,我和鱼禾就出生了。

7.我的泪水迅疾成了冰

下雪了。

我十六岁那年的第一场雪,如此忧伤。

我在熟睡中醒来,透过窗格子看见了纷飞的大雪。他早已起来,正站在院子里的雪地里,手里拿着扫帚,却没有去扫雪,而是怔怔地看向南方。

他曾在一次闲聊中告诉了我他这十六年的去向。我知道这是命运使然,我无法怨恨任何人。我等的那个男人还是没有归来,可能是真的永远不会回来了。我在他的身边走过,推开院子的门,呼啸的西北风从门里穿过,夹杂着冰冷的雪。我拿了一把小扫帚,在紫薇花树下精心地扫出一片空地。然后我站在那一片空地上,我知道,我脚下踩的这片土地他也曾踩过,他在这里画了一幅画,写了一行字,他在这里说会回来找我。

是的,我想,他会回来找我。

我身后的男人跟了过来,他拍着我的肩膀,喊我的名字,鱼蔓,咱们等这场雪化了就走好吗?

他已经告诉我,十六年前他去小镇上买东西,结果在路上被一伙官兵抓去做了壮丁。部队一直向南,他一路上受尽非人的折磨,他挖壕沟,扛机械,拉大炮,即使这样一天也总是要挨鞭子的。说这些的时候,他褪下衣服让我看他的后背。我抚摸着那些鞭痕,隐隐的血腥气袭来,还有那十几年依旧无法消失而且更加沉重的痛。他说,他被那伙土匪囚禁了三年,一直到全国解放才算是得到自由。可是这个时候,等他一路乞讨回到家的时候,早已不见了我的母亲和他的孩子。他开始寻找,这一寻找就是十三年,终于来到这里。

鱼蔓篇 **215**

我问他，你每到一个地方，都是这样问吗？你认识豢喜吗？

他笑着点头。是的，因为我除了寻问她的名字，不知道还能怎样。

他说，他在山东的青岛安了一个新家，并问我，和你的母亲还有鱼禾，咱们离开这里去青岛好吗？那里才是鱼蔓你真正的家。

我当时正望着南方，我说，我不想走，你去问我的母亲吧，还有鱼禾。我想鱼禾是愿意跟你走的，但是对于母亲我却不知道。你也不能知道了，是吗？我说着，眼泪哗哗地流了出来。每当提及我的母亲我就这样，我自认为是一个坚强的孩子，可是在母亲面前，我真的永远只是一个没有长大的孩子。

他真的坐在母亲的床前，握着母亲的手问，豢喜，我们离开这里好吗？我在青岛还有一个家，那里可以给你更好的生活，说不定你会慢慢地好起来的，还有那里的教育也好，咱不能耽误了两个孩子。

我的母亲是有意识的，至少我这样认为，因为我亲眼看到当他说要带我和鱼禾走的时候，她眨了眨眼皮，意思是同意。可是当他说一起把她也带走的时候，她的眼皮却一直翻着，好久没有落下来。她的意思是不想离开这里。

他疑惑地看着我，他不知道母亲为什么愿意留在这穷乡僻壤终老一生。她为什么不愿意跟我走？他问我。

我看着眼皮上翻依旧倔犟的母亲。我说，我不知道。我怎么会不知道呢，她的心里除了面前这个男人，还有一个人的。她对不起那个已粉身碎骨的男人。我怎么能不了解我的母亲呢，她是愿意如此静静地待在这里了，她知道她所欠他的，她开始还，等她还完欠他的债，她也就可以安心地离开了。

可是这些我怎么能告诉眼前的这个男子呢？他也是极疼爱我的母亲，不然不会相隔千里地寻来，更不会十几年依旧单身。

母亲是坚决不愿意离开这里的，他想过要强行带走我的母亲，我极力阻止。我说，我不干涉你们的事，但请尊重她的生活。况且我也不会走。

是的，我也不会走，我要等那个人回来。我要是走了，他回来后又怎么能找到我呢？

他问我，为什么？

我说，不为什么。如果你必须要回去的话，请把鱼禾带上吧，她一样是你的女儿。我要守着我的母亲，直到死。

这时，他说了一句似乎很熟悉的话，你真的很像你母亲。

我问鱼禾，你愿意跟他走吗？如果愿意，等化了雪就赶路。去大城市吧，那里有大的学校，有火车，有高楼。这些都是你梦想的。

鱼禾点头，好久才问我，你呢？

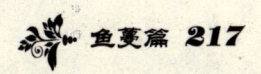

我说,还是那一句话,我要守着母亲,直到死。

你何必呢?

没有原因,我就是要这样。

可是你怎么生活?

我有土地,就不会饿死。

那你会去看我吗?

当然,我会去的,我还要去找大夫抓药,给母亲治病。

那好,我去。你记得要来看我。

好的,姐。我很少喊鱼禾姐,在她要走的时候,我忽然抱住她喊她姐。姐,记得我会去看你的。

他们走的那天,雪依旧没有停。可是他说,老父老母都在家里等他养活,再不回去是不行了。我说那好,路上要小心。记得回来看我们。

他走的时候给我留下一些钱,这些足够我们母女等到来年的粮食丰收。

我还是站在紫薇花树下,看着他牵着鱼禾的手在雪地里慢慢远去。鱼禾和他不时地回头向我招手,呼喊着让我回去。

我站在那里不动,白茫茫的原野上,一只大鸟突然飞了出来,迅疾地划过纯净的天空。雪花被鸟的翅膀撕裂的声音悠悠地传来。

我茫然四顾,那天,我穿着粉红色底子缀小白花的棉袄。在这个世界第一次感觉是如此的耀眼夺目。

我的泪水又出来了,并迅疾成了冰。

8.把手放开是最沉重的爱

尚用极简单的方式娶了我的母亲。这是我母亲的第三次婚礼,第一次嫁给何老三是最奢华的,第二次嫁给何春也还算可以,记得当时何春给母亲买了二尺花布。这一次,是我母亲最寒酸的一次婚礼。尚以被赶出家门的代价娶了我的母亲,他无比辛酸地揽着母亲的肩膀,豢喜,相信我,我一定会让你过上好日子的。他们举目再也无亲,残酷的现实却无法阻挡火热的爱情。在村子东头的山坡上,有一个供看山人歇息的破土坯垒的小屋,年久失修,早就是到处灌风漏雨。

在那个寒冷的冬季,母亲还是带着大头和肚子里的孩子投入了尚的怀抱,搬进了这个不能叫家的地方。老天不顾人的冷暖依旧冰冻三尺,可是我的母亲因为有了一个善良男人的怀抱,而不再感到寒冷,她听着尚的誓言,她看见了温暖的春天。房子里有以前做的土炕,有石头垒砌的灶台,尚从同情他们的乡邻手里借来了锅碗和生活所需的基本用具。他把从山上砍下来的松树枝点了起来,接来了山泉水架在炉灶上烧,再把燃烧的树枝塞到炕洞里。

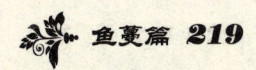

尚抱着我的母亲坐在松树根做的木墩子上,看着红红的火光,闻着松树燃烧的清香味。他深情地对母亲说,喜,这是我一生中最幸福的一天。我的母亲瞬间哭了,泪哗哗地泅湿了尚的胸膛。

尚是一个很能干的男人,学得一手好木工手艺。他和母亲在小屋度过的第二天,就下了山,开始四方奔走,接些木工活来养活我的母亲。尚为人实在忠厚,得到不少大户人家的喜欢,这样他渐渐地忙了起来,生活也还算是过得下去。

等到我快要出生的时候,尚已攒足了盖新房的钱。他自己开采石头,找了伙计一起垒砌。过了一个多月,我的母亲终于搬离了那个草屋,住进了宽敞的新房,虽然简陋,可是生活却是那样地有滋有味。那一年是多么好啊,地里的粮食大丰收。就在这个时候,我和鱼禾来到了这个世上。

我出生后,大头像何春一样突然不见了,母亲和尚找了很久都没有消息,村里人说,最近人贩子特别多,很可能已经被拐卖到他乡,母亲大哭一场,但是日子还是得过下去。

三十年后,我才得知,大头被卖到了山东,并有了一个儿子叫十五。

我想,可能母亲也是那样想,如果生活一直这样下去,不管会有多少无法预知的事,未来必定是美好的。尚的爱换来的是母亲无比的疼爱,她无微不至地照顾着尚,不顾地里劳作的辛苦,为尚洗衣做饭,为尚捶腰打背,怕他冷怕他饿。

尚看着他可爱的两个孪生女儿,总是亲个不停。在那时候我是比鱼禾讨他的喜欢,我看见他就笑,他要是亲一下我,我更是咯咯地笑个不停。晚上睡觉我不要母亲,而是让他抱着。鱼禾则不同,总是对他爱答不理,倒是整日地贴在母亲怀里。更重要的是,尚一接近她,她就嗷嗷大哭。尚于是便专心地疼我一个,虽然都是他的女儿,却总是抱着我,而很少抱鱼禾。他抱着我的日子,我清晰地记得,他把我放在肩膀上,在原野上飞奔,那些绿油油的麦田在我们的身后疾速地倒退。一年四季,他带着我欢快地轮回。

可是,我以前说过的,后来有一天清晨,他离开家后,就再也没有回来。他和何春不一样,何春十六年后还是回来了,可是他呢,母亲说,村长和一伙官兵来找了他以后,第二天他起来就卧在刚建成的铁轨上自杀了。

母亲说,他死的时候,眼睛里有一只大鸟,一只灰色羽毛,胸腹有白色条纹的大鸟。

那是一九四九年的腊月,中国刚刚解放,人民刚刚真正地站了起来。

后来,母亲告诉我说,尚的父母亲都是国民党,村长来通知他,让他做好被逮捕的准备。可怜的尚,他在一夜的思量里,怕连累我的母亲和他的女儿,毅然选择了自杀。愚昧的他认为只有这样,才能解救我那多灾多难的母亲。

他的爱,竟然是这样的。

他的爱,我在今天终于明白。真正的爱并不是永远地守在爱的人身边,你爱她,也可以选择放弃。

9.你还记得七年前的那幅画吗?

那些过去的风花雪月像病毒一样慢慢渗入我的每一寸肌肤,我站在紫薇花树下的时间越来越长,我在思念的残酷折磨里渐渐长大了,我的母亲还是那样静静地躺在床上。

她应该是有意识的,她应该知道回忆的。我很害怕,如果我的母亲连回忆的意识都没有的话,那将是多么恐怖的事,因为她已失去了将来。她的将来是要永远这样了,保持着静默,终此一生。

一天又一天,原野里的青草,黄了又绿,绿了又黄。

我不知道这样静默的日子过了多久,总之我感觉到自己已经不是一个小姑娘了。我已经发育得像一个女人了,丰满的身躯代替了曾经的婀娜。这些年来,也有很多的人来踩踏我家的门槛。第一种人是来看我的母亲,带着问候和看热闹的心态;第二种比较多,大都是六七十的老太婆,她们抱着同一个目的而来,她们是来给我提亲的,说东家的男子,牵西家的娃儿。可是她们也都是冷着脸离开这里。我面无表情地与她们对视,我摇头冷酷地拒绝。我握着母亲的手说,我不会嫁人的,母亲,我要和你一起,直到死。

其实有些话我没有说出来,我没有说,除了那个男子,我是不会嫁给别人的。

我有时候经常问自己,为什么一直这样等候,我还是没有疯掉,我还是那样清醒,我还是那样自信。我自信,我相信,他一定会回来找我的。

他一定会来找我的,这个想法一直持续到那一天。

我到死,依然记得那一天是一九七三年的六月十一日,夏至。天气开始炎热,有知了开始在树上鸣叫。

我如往常那样,从地里锄完草回来,给母亲擦洗完了身子。然后在夕阳西下里,在紫薇花树下朝南方望去。在我不经意的一刻,我看见一男一女朝我的方向而来,当时我并没有注意他们是谁。

直到近了,那个女子喊了我一声,鱼蔓,是我,我是鱼禾。

这个衣着光鲜,满脸喜气的女子是我的姐姐鱼禾。我看见她特意穿了一件崭新的大红上衣,灰色条纹的青色直筒裤子,红色的鞋面,配着粉红色的鞋带,上面还镶着锃亮的鞋扣。

我来不及回应鱼禾的问候,目光就猝然地落在了她身边那个男子的身上。他穿着军绿色的裤子,白色的棉布上衣,俊朗的面孔竟然是如此的熟悉。我感觉到了大地的莫名颤抖,逐渐昏暗的天空一下子在我的记忆里明亮起来。他是谁,这个熟悉的身影,这张在梦境中百转千回的面孔是谁？他还能是谁,他就是我七年前在黄土纷飞的草丛里遇见的那个男子！他是谁,他就是跑过来要握我的手,说想认识我的那个男子！他是谁,他是在紫薇花树下给我拍照,迅疾地抱住我的那个男人！

他就是我等待了七年,两千多个日夜的男子。他说,他会回来看我。我相信他一定会回来,于是我就日日夜夜地在紫薇花树下等他直到今天。老天啊,他真的来了,他来了,他还是以前的样子,他身上还是以前那种味道。

我第一次看见他,想起了尚,我回忆起了所有的过去。等我要接纳他的时候,他却一去不返,他在我等待到快要绝望疯掉的时候突然来了。

我呆呆地看着他,我从头到脚地打量着他,一遍又一遍。

他应该是认出了我,他久久地看着我近乎痴呆的模样。最后他回过头,打破这僵局。

鱼禾,告诉我,她是谁？

鱼禾以茫然的表情面对我们的疑问。她走过来握住我的手问我,鱼蔓,你怎么了？

我没有答话,而是以一种雕塑的姿态看着归来的他。

鱼禾一无所知,她回到他的身边,亲热地挽住他的胳膊。

她指着我说,栈仓,这是我的孪生妹妹,鱼蔓。然后又对我说,鱼蔓,这是你姐夫栈仓。

我不知道应该怎样对这样的介绍做出反应，我怔怔地站在那里。他是我的姐夫？他不是我的姐夫，他是我等了七年的男人，他应该是我的男人。

我一直都在想我和他会以什么样的方式见面，可是我怎么也没有想到竟然会是这样。当我遇见他的时候，他已成了我的姐夫。

鱼禾告诉我，七年前，她跟着父亲去了青岛，没有继续上学而是进了一家纺织厂，做女工。也是在那里，我遇见了栈仓。记得他第一次遇见我，就跑过来问我，你怎么在这？你还记得我吗？我当时真的很纳闷，我在之前是没有见过他的。我说，没有。他竟然不信，他说，我们真的见过的。

鱼禾说，父亲在厂子里做车工，快要退休了。父亲让我来告诉你，最好把母亲接到那里，找家医院给治治，或许会好起来。

我知道父亲的意思，他在七年中多次催促我和母亲去他那里住下，可是我一直没有去，因为我怕那个男人回来找不到我。我到现在才发现自己是多么的自私，为了自己的等候，却让昏迷的母亲也一起陪我。母亲意识里怀念这片土地，她是不愿意去的。可是，父亲说，母亲经过好的医疗，或许能醒来。他说，鱼蔓，就算我们只有一丁点的希望，也要去做对吗？

鱼禾跑过去给母亲洗脸，我给栈仓倒了水。我轻轻地对他说，

你还记得我吗？你还记得七年前的紫薇花树吗？

栈仓接到手里的水杯砰的一声掉到了地上，碎了。他霍地站起来诧异地看着我。

鱼禾听见杯子碎的声音跑了过来，刚要询问，我转过身说，啊，是我不小心把茶杯掉到地上了。没什么姐。我在说话的空当把手伸到背后朝栈仓摇了摇。

我不想让鱼禾知道我是认识他的，我不知道鱼禾知道真相后会怎样。他在纺织厂里以为看见的鱼禾是我，他在我问他的那一刻终于明白我才是他应该认识的女子，可惜这一切都晚了。

鱼禾告诉我，鱼蔓，我们过几天就要结婚了，所以你还是赶紧收拾一下，咱们带着母亲走吧。父亲一直催促着。

我转身看了看栈仓，他已经彻底地失去了魂魄。

我说，好，我们走。

这一年，鱼蔓二十三岁，感觉人生已经过去大半，剩下的就是等待生死轮回。

（完）

2004 年 11 月	西安临潼	构思
2006 年 12 月	云南丽江	初稿
2007 年 12 月	山东日照	二稿
2008 年 2 月	青海西宁	三稿
2008 年 9 月	河北易初	四稿
2008 年 11 月	北京朝阳	定稿

《鲈鱼》中的人物与时间年表

豢喜

1929年,出生。
1945年,被鬼子劫持,随后遇见国民党士兵,并怀上了何大头。
1945年9月,被迫嫁给了地主何老三。
1946年5月,何老三被枪毙,豢喜离开,肚子里的孩子已经八个月。然后遇见何春。
1946年5月,何大头出生。
1948年8月,何春失踪,豢喜又怀上了鱼禾与鱼蔓。
1948年10月,豢喜被赶出何春家,离开山东到了河北,遇见尚。
1949年3月,早产生下了鱼禾与鱼蔓。
1949年12月,尚卧轨自杀。
1965年夏天,鱼蔓遇见了栈仓。
1973年夏天,栈仓和鱼禾一起回来看鱼蔓。
1975年,鱼蔓和栈仓结婚。
1982年,鱼蔓和栈仓的父亲不伦后生下芍药。
1973年,鱼禾去了东北安图的一所学校教书。
1982年,鱼禾与同学校的老师结婚后生下了蓝。
1999年冬天,死去。
这一年豢喜70岁。

芍药

1982 年出生。

1998 年,离家出走,与南一起去了西安。那年 16 岁。

2002 年 10 月 1 日,遇见十五。

2003 年初春,洛初来接她回家。

2003 年初冬,芍药离开洛初,去了云南丽江,遇见常。

2004 年春天,收养了临临,然后遇见林。

2004 年夏天,回到临沂,再见十五。

这一年芍药 22 岁。

洛初

1980 年出生。

1987 年夏天,被拐卖到东北安图。

1997 年夏天,鱼禾死去。和蓝一起离开安图去往北京。

2000 年,离开北京,回到山东。和十五一起创业。

2003 年,十五携款失踪,接到芍药的电话。

2003 年,遇见芍药。

2004 年初,感觉一切毫无意义,开始回忆以往。

这一年,洛初 24 岁。

● 蓝

1983 年出生。
1997 年,跟着洛初离开安图。
2000 年,离开北京。
2003 年,回到山东临沂的酒吧做歌手。
2003 年夏天,遇见芍药后,去往西安,与南结婚。
这一年蓝 20 岁。

● 十五

1949 年,何大头出走后被人带到山东抚养长大。
1978 年,十五出生。
1997 年,遇见洛初和蓝。
2000 年,和洛初一起创业。
2003 年,携款失踪。
2004 年夏天,回到临沂杀死了芍药。
这一年,十五 26 岁。

后记

我该怎样走向远方,或者到达彼岸

1.

你在这条路上走了多久,这一条崎岖颠簸的路,这一条沧桑坎坷的路。

六月的海滨小城,雨下得频繁。早上,我醒来,就听见了那雨声,刷刷的,像年少在家时母亲筛豆子的声音。每天半夜开始下,早上收起,中午继续,周而复始。雨,真是一个可爱的淘气的不知疲倦的孩子。

我的心脏承受着过重的压力。这不是青春的做作,不是自我的忧伤,我是真的感受到生之困境,面对困境之挣扎、无奈与彷徨。二十世纪八十年代出生的孩子,有的是独生子女,出身荣华富贵,他们怎么能知道何来这些许的做作呢?

我曾时常感觉到自己处于这个世界上相对于周遭的孤立。我总是记起那一个夏天,我中考分数出来的那个夏日午后,青色石头垒砌的院墙里,宽大厚重的梧桐叶子,金灿灿的阳光在地面上编织出网来,我就坐在那张网里,十六岁的我忧虑而辛酸地坐在阳光织就的网里,哭泣。是的,我在哭,但没有声音,没有流淌的泪水,我的泪在眼圈里打转儿。我坐在院子里的泥土地上,灰黄色的尘土灌进了母亲一针一线为我做的鞋子里。这鞋子是新鞋,去县城中考的时候母亲给我穿上的,到如今我一直没有换下来。我低着头,手指在面前的土地上画圈,无规则地堆起一个个小小的土坟。母亲就坐着一个小板凳在我的面前。事情就是这样的,我中考结束,虽然数学考了一个满分,英语、语文成绩也在全县位列第一名,但是其他理科成绩太差。还有体育,我瘦弱的身子骨不适合搞体育。它们拖了我的后腿,我离分数线差了两分。我不知道当时的教育制度为什么是这样的,当时的制度是差两分一样可以上重点中学,但是需要交五千元钱。一分是两千五百元。就是这样,就是这么多。于是那夏日午后的场景这样展开了。

我是想去上学的。我想上到大学,然后有一份体面的工作,我想走出这个院落,这一片山,这一汪水。可是那五千元钱成了走出去的障碍,唯一的也是最大的障碍。母亲也不说什么,只是坐在那里默默地看着我。其实我明白,家里实在是拿不出那五千元钱。

夏日午后静谧的时光,那宽大厚重的梧桐树,那阳光编织的巨大的网,那网里默默不语的母亲,那网里无奈辛酸的十六岁的男孩,那网里男孩默默堆起的一个个土坟……它们将在我的脑海里镌刻永生的记忆。

2.

开始在一个小城工作。先是在一个铜字加工厂,一个月三百元，每日接触硫酸和双氧水，手指没有任何保护措施，一次次的腐烂、愈合、再腐烂、再愈合……后来我落下了终身的皮肤病，这种病一直纠缠着我，每逢热或者心情烦躁的时候，全身便奇痒难耐。后来我又进入一家广告公司学习电焊。这是我记忆中最辛苦、最脏乱、最危险的职业，面对三百六十伏的电压，面对沉重的黑色钢铁，还有在上百米高的建筑物上作业……我的日日夜夜就在这些火光里、高空中度过。再后来，自己开了一家广告公司。那一年我十九岁。

公司于两年后因资金无法周转而破产，欠下一屁股的债务。这是很多白手起家小生意人的大众结局。

那是一个端午节后的一天，我回到家。父亲在外边上班没有回来，母亲抚摩着我的脸，不说话，泪水在眼眶里打转。她挪着小脚把我的父亲叫了来。父亲是位伛偻、高大、沉默的北方汉子，他看见回家的我，知道我欠下的债务后，蹲在了院子里的一个角落里，他号啕大哭。

夏日来临，空气开始闷热。三年过去了，院子里的梧桐树已然不见，去年它们被父亲锯下来，给大姐做了出嫁时的衣柜。父亲是一个能人，会木工、瓦工、还会开锁、补铁锅等营生。父亲是见过世面的人，年轻的时候四处找活计，也做过好多种生意。我一直以来都认为父亲是不会哭的，也一直以为父亲是这个世界上最坚强的男人，可是当他看见自己的儿子历经磨难，终究还是两手空空的时候，他号啕大哭，哭得比一个女人还要汹涌，奔涌的泪水落在院子里的水泥地上,院子已经铺满了水泥,不再是以前的灰黄色的土壤了。它不再温暖柔软,变得冰冷、坚硬起来。我站在墙的一角,眼睁睁地看着父亲的泪水落在水泥地上,摔成了碎片。

我不再哭。我知道哭是没用的。我把头昂起来,望着湛蓝的天空。我在寻找,寻找一条可以直达远方的路,那条路叫人生。

3.
我曾遇见一个女子,我曾轰轰烈烈地有过一次恋爱。

二〇〇五年,她离开了我,是彻底的离开。从此世界上再也没有她的味道、她的痕迹。

疾病总是恶意地夺走善人的生命。她那么单纯、善良、无辜。仔细想想,哪一个绝症患者又何尝不是无辜的?!可我总觉得她应该是无辜的,她的死,是老天瞎了眼,是神丧失了主导的灵魂。

我写了太多关于她的文字,有小说、随笔、散文、也有诗歌。

她是我曾经爱过的那个女人,是我这一生中最轰轰烈烈的爱情!

海边。深夜。她爬起来,开灯,摇醒我。她说,给我镜子,好吗?

我没有给她。我不想让她在离开人世的时候看见自己美丽的容颜被摧残得惨不忍睹。我说,你是最美的,你对我来说永远最美。她听话地躺下去,再也没有醒来。

后来,我猜测那一刻的她,一定是预测到了自己的归宿,她是看见那美丽的死神来了。

那是凌晨四点的事情,天开始微白,有渔夫要出海,喊起了号子。有海鸥开始醒来,喔喔地叫着,它们,它们,所有的它们,终于渐渐不见。

4.

我的第二次生命即将开始。

自从她离开,以及公司破产,我彻底地离开了那个叫临沂的城市,从此很少回去。即便回去,也是匆匆地来,匆匆地走。而且只有一个原因,是为了看望我的父母。他们在一天天老去,他们时刻挂念着远方的儿子。

我离开的时候,沂河岸边到处都是黄色的塔吊高耸入云。这是一片繁荣的景象,这是一个前途宽广的城市。可是当我夹着一个黑色皮包坐在长途客车里的时候,我低落,城市很大我却感觉到了无路可走。我的皮包里是一件换洗的衣服,以及四百五十元钱。这是我所有的家当,这些钱将带我去另一个地方,然后从头再来。本来是还有些钱的,但是当初带着她全国各地治病,花去了一大半的资金,公司一破产,再把能还的外债还了,把工人的工资发了下去以后,我就已经只剩下四百五十元钱。

四百五十元能做什么?买手机还买不到彩屏的!去唱歌连酒水和果盘还不到三个小时!去酒店吃一顿饭也就是要几个菜!可是,这四百五十元将是我第二次生命的唯一支柱,甚至是生存下去的唯一保障。我已经无路可退。

　　我去了日照。先住到岚山海边一个朋友家里。她开了一个小宾馆，是当初去西安自考认识的，毕业后走关系进了铁路局通讯部，一个月三千元工资，星期六和星期日都休息。这种生活当时让我无比地羡慕，可是两年以后，我知道那不是我应该要的生活，那是机械的、被动的一种生活姿态，虽然安逸却不是我想要的。

　　在她家里住了两天，我害怕自己会懒下去，便迫不及待地想要找一份工作，于是我坐客车去了日照。这个城市我刚刚来过，陪着那个她度过了最后的几天。如今又返回来，是命中注定，还是我脱离不了对她在天堂的牵挂呢？陌生的小城，只是靠了一个海，才显得有点大气。我在一个广告公司找了一份制作员的工作，一个月一千元。我欣然就职，自从自己开公司以后，很少亲自去做电焊了，如今又回到了三年前，我的欣然透出对生活的嘲讽。

　　在那个公司做了三个月后，我便辞去了这份工作，随后的一年里我陆续换了三个公司。如今，我不能说自己走得很成功，但是我过得毕竟比以前好了，不再住潮湿的租住房，不用再看房东老太太的白眼，不用再因为考虑一天是吃五元的饭食还是六元的饭食而发愁了。我真的很知足。饿不着冻不着就是一种幸福。

　　看见很多年轻人愁眉苦脸、感叹生不逢时，我只能说他们没有受过罪，吃过苦。

5.

　　命运从来就不会一直公平，幸福也不会永远顺利地降临。

我的很多小说随笔都是在离开临沂的时候写的。在离开临沂前我写的东西几乎没有一部发表在正式的刊物上。我坚持写作，却不见结果。我曾一度地对自己的写作水平感到失望，甚至打算放弃，过平常的上班族的日子。可我却坚持了下来。

　　长篇小说《鲈鱼》从起笔到脱稿，简直就是一条漫长的路。从开始写到写完我用了四年多。那时还没有买电脑，我却写了几十万字，包括这部长篇，还有一些中短篇小说、随笔感悟等。那是一种近乎机械动作的写作，没有目的。我尝试着运用不同的写作方式不同的写作风格。没有固定的写作场所，在各个阴暗网吧潮湿的小角落里，在公司的办公室里……我戴着耳机，听着流行音乐，敲打着键盘。那种日子持续了一年多，我流连于日照的各个网吧里，有时候就是一个通宵。天亮的时候走出网吧里，疲惫的我在街道上奔跑，迎着大风，一直跑到整个人窒息。我在做什么，我写这些东西究竟是为了什么？现在回想起来，那时候写作真的没有想到这些东西有朝一日能发表，能赚取稿费。那段疯狂写作的时间，我从来没有投过稿，自然也就从来没有一篇文章发表出来。我那时候写的字，只是为了宣泄，宣泄一个人在陌生环境的郁闷、彷徨。我在彷徨，我在这个海滨城市里游荡，无法停留。

　　日照的海很美。我几乎去过中国大部分的沿海城市，而只有日照的海边让我感觉到美。这或许也是我停留到如今的原因。日照的这片海，给了我写作的灵感与写作的欲望。

　　写完《鲈鱼》初稿是在二〇〇六年冬天，当时是在公司值班,于深夜打完了小说的最后一个字,书中的主人公鱼蔓说,好,我们走。

好,我们走。

我们是时间,我们是年华,我们是我们的曾经,我们是一部小说。我曾试图以写完这部小说的方式忘记过去的所有不顺和苦痛。或许我做到了。从写完《鲈鱼》以后,我彻底变了一个人,对网络失去了兴趣,从此再也没有去网吧,也再没有写作。到年底春节的时候,我竟突然想把曾经写的东西出版或者发表出来。于是我开始奔波,奔波于各个出版社、各个杂志社、各个网站。

有部分的中短篇和随笔开始陆续地在一些刊物上刊登出来,我取了一个名字叫苏善生,以前用的是左岸花事,我在改变,连写作用的名字都改了。苏善生,代表着我内心的期盼与人生的顿悟。

从此,一个叫苏善生的男子开始被世人所知。

我把《鲈鱼》发在了网站上,结果点击率很惨,而那些情色的穿越的玄幻的文字却风靡一时。我开始意识到自己写的东西是不符合市场的,或许它真的只是写给自己看的文字,或许它本就不应该问世。

这个时候,出现了一个女子,她叫莫莫,上海一所师范大学的在校生。她一直在关注着我的《鲈鱼》,从始到终。她告诉我,你的文字可能不会有人看,但那只是短时间内,你要相信自己,相信自己的文字,相信它能经得起时间的打磨,只有经过时间打磨的文字才是好的。那一刻,我心酸得厉害,我终于遇见了一个可以透视我心脏的知己。

我在渐渐被人熟知的过程中,一些出版商开始联系我,我几乎每遇见一个出版商,都会把《鲈鱼》推荐给他们,但他们都是摇头。他们要我写一部能符合市场的小说,说我的文字功底很好,说我也很会编故事,为什么不写一些比较热销的作品呢?也就是在那个时候,我写了一部悬疑小说,但它至今也没有出版,因为我一直没有写完。在我写到十万字的时候,我失去了编故事的兴趣。我知道我写不下去了。一个没有写完的小说是不会有人要的,除非你是一个名人或死去的人。

《鲈鱼》曾给过不止十个出版社,编辑看了都说很有深度,却一直不能出版。我曾一度失去了出版的信心,便索性把它放在了一边。我相信,它总会有人来发现。

6.

看多了世态炎凉,看多了人生无奈。我不知道我到底要走向何方。

时间倏忽逝去,我开始了一种比较自由的生活。书出版的事情暂时搁浅,我开始奋力地工作。这个时候我在一家房地产公司做开始做企业策划。感觉知足,感觉日子就应该这样平淡地过下去。

可是我知道我注定要在文字之路上行走。二〇〇七年三月,北京的一个文化公司通过我写的《鲈鱼》联系到我,他通过我做过房地产的经验问我有没有兴趣写一部关于房地产的小说,我当时没有答应。之后的三天里,我拟了一个一万字的小说大纲,交给了他,他看后立刻与我达成了协议。这就是写《圈来套去》的原因。

这部小说用去了我五个月的时间,两个月完善小说的大体构思,三个月写作,平均一天写三千字左右。我停下了工作,请了一个长假,把一切精力用在了这部小说上。

我这个人是不喜欢经商的,虽然一直在商界行走,却对商场的一切深恶痛绝,但是没有办法,因为你要生活。为了生活,我们必须要学会忍耐。

我的梦想是有一个安静的公寓,有一份稳定的收入,有充裕的时间来写作,可是这些在目前看来是不可能的,我要工作,我要有经济来源就只能不停地工作。写作成了兼职,成了分外的事情。

写完《圈来套去》,谈完出版的事情,我又一次重新考虑自己以后的路应该如何走。

7.

关于《鲈鱼》的一些看法。

我最初写这部小说想象的不是故事的情节,也不是小说的名字。我一直在想,我在写给谁看,是写给自己,还是众人?当这部小说写到五万字的时候，我开始重新审视这部小说的整体构思与主题的含义。这部小说是矛盾的，就像离我们肉体最近的生活。它颠沛流离，它辛酸苦楚，它茫然失措，它有苦也有甜。我是从二〇〇四年十一月开始写这部小说的，到如今，它看着我一路的奔波和内心的苦痛，白手起家的广告公司破产，一个人远行，陌生的城市，狭小潮湿阴冷的租住屋……我一年时间换了四个公司，从一个广告公司的总经理，沦落为另一个城市最底层的电焊工，再到香港某集团公司华北地区的企业顾问……或许是因为这种拨云见日的升华，才有了这部充满了酸楚的小说。

曾经看过这小说的一位朋友问我，你为什么要写这么一部小说，虽然算不上匪夷所思，但也和你的年龄极不相符。是啊，我想，我认识好多八零后的作家，他们的作品大多是青春类、校园类或者玄幻类的。而我写了一部现实主义，一部在地理上纵横大半个中国、在时间上跨越六七十年的小说。我对他说，我写的时候，不知道明天要写什么，我没想过它会出版，它会给世人看。我只是在随意地写字，最终发现不过是画了一个圆圈，有始有终，宿命轮回的圆圈。

关于这部小说的人物，我要特意说明一下，他们在现实中是有关联的，但不是人之间的关联，他们是地名和植物名的组合(本解释属于民俗传说，暂不能考究定论)：

洛初：河北省易初县一个群山环绕的小村庄，有二百多户人家(现已改名)。

后记 **245**

芍药:洛初生长最茂盛最常见的一种花或中药。

十五:据村子里的老人讲,芍药花大多在每月十五日的午夜开放,花期一月,在下一个月十五的午夜凋零。

鱼蔓和鱼禾:两种寄生在芍药花根上的苔藓植物,叶子上有白色的小齿。剧毒。据古书记载,是鲈鱼的克星。

鱼禾的叶子是白齿,而鱼蔓的叶子是灰齿,这是它们的区别。两种植物一直寄生在一处,一直到冬日干枯而死。

另外还有一个叫蓝的女子。蓝,舌尖轻轻的一卷。蓝,是我喜欢的名字。

小说的名字开始为什么叫《鲈鱼》?

鲈鱼:有齿,性凶狠,固执。生长于淡水域,却也可在海水里力生存,适应能力强。渔人形容鲈鱼是一种很傻的鱼类,不懂得回头。

菊花鲈鱼是西安一道有名的菜。

关于这部小说的情节构思。在我看来,其实这不完全是一部小说。开篇的《芍药》是一部迷途女子旅行式话剧;第二篇《洛初》是一个静默男子四分之一人生的自传;第三篇《鱼蔓》是一场华丽却悲苍荒诞的电影。

我到底要写什么,要告诉读者什么?小说的主题是什么?我的重点是在写爱情,还是在写亲情?

我经常在黎明的时候醒来,跑到空荡的大街上,坐在附近的一个小公园里吸烟,看天空慢慢地清醒,这过程是安静的,却充满了无比的刺激。这一年来,我自从来到这个叫日照的海滨城市就乐此不疲。

我家境贫寒,初中毕业就到社会上谋生,文化素质不高,听不懂英文歌,所以我算不上是有品位的人,可是这些小说却让我自我感觉很有品位的。

在本书即将出版之际,我要感谢远在昆明素未谋面的冷斯花,感谢她为了这部小说到全国各地拍摄书的插图,却居然到最后出版时还是没有派上用场。

我把这本书特别献给我的父亲母亲,以及二〇〇四至二〇〇八年一个微小却沉重的纪念。

8.

据说彼岸花是黄泉路上唯一盛开的花。据说我们一生只能有一次机会看见它。

远方就是很远的地方,那里有每个生命的梦想。那是一个幸福的地方。

我一直在努力,一直在努力,我的人生到底是一个什么样?

我该怎样走向远方,或者以怎样的方式到达彼岸?

苏善生

2007 年 12 月 于山东 日照

再记

1.

我从这本书的出版过程中深深体味到了什么叫磨难。书从完稿到现在四年来我一直不停地修改,期间连续签了四家出版公司,又都因为各种原因而解约。

最终它还是出现在了你面前。写这篇再记的时候离上一次写后记已经过去了差不多一年的时间。这天晚上我仔细地通读了一遍,觉得应该再说点什么,就算啰唆一下也好。

毕竟又过去了一年。

2.

经常想当这本书出现在了书店里时,那么的摆在架子上被翻阅着。可它却偏偏没有如愿地及时出现在书店里。想想当初写这本书是在四年前,那时候真的是毛头小子,而如今已经有很多同龄人做了父亲。我依旧走在漂泊的路上,这一年走得很远,也走了许多的弯路,从山东到青海,从山东到四川,从山东到辽宁,再从辽宁到北京……大江南北,穿越东西。

这本书就那么在电脑的角落里趴着,看着我漂来荡去,行踪不定。

是的,书走过的这四年,变化了太多,我、我身边的人、我所处的世界都发生了太多的变化,唯一不变的是书里的主人公,他们依旧那么固执、倔犟,对爱的执拗让我更加自叹弗如。是不是这社会上的真爱真的只有在小说里才不会变呢？是不是我们梦想的浪漫永远只是出现在小说的字里行间？

3.

这本书是我写的第一部长篇，却出版得最晚，比它晚写了三年的书都先它出版了，作为它的监护人，我很是惭愧。这些年，我写作的风格一再变化，就拿这本无法定义的《鲈鱼》来说，无法定义是因为你说它是青春小说，却又不是青春；你说它是传统文学，却又多了青春时尚的味道；你如果说它是都市情感小说，却又有很多乡村的描写；那到底它是什么呢？三年后我才定义为悲情小说。这个定义还是比较广泛的，基本把以上的都包括了。从这本书开始，我写过悬疑，可是有人说像言情小说；我写过商战，可是又有人说像都市情感；于是我又写都市情感，别人又说这不是悬疑小说吗……我无语，其间我还试图写一本历史传奇小说，结果人家又说了，哎呀，这武侠小说写得还蛮有味道的嘛！

……

幸好，幸好，这本书本质没有变，书不管被我怎么折腾（写了四年，修改八次，换了四家出版公司，小说名换了九个以上最终恢复原名）还是出版了，也就意味着我就是我，鲈鱼就是鲈鱼！

4.

小说再怎么修改，也还是坚持着小说的中心思想。那就是鲈鱼的核心。

这部小说共分九章,分别以九种颜色九种物质为章节名称。这九种颜色和九种物质代表我成长中的一些标志。

5.

这本书的版税在今年六月的时候已经决定捐赠给2008年"5·12"地震中受灾的孩子们,版税款项将会换成物资直接发放到四川震区一些孩子们手中。

当您手里拿着这本书的时候,我代表那些被捐助的孩子向您道一声最诚挚的话语:感谢!

再次感谢。

苏善生

2008年9月30日 22:39 于北京燕郊

作品简介

童话艾悦坊　青春新时尚

艾悦坊是一个专业青春阅读品牌。我们致力于用文字表达青春的有形价值，用文学升华青春的无形价值，追寻着成长的足迹，我们伴随您记录与青春有关的童话。迷惑与无奈、大胆与率真、叛逆与肆无忌惮、奇异的哲思、可爱的谬思……关于青春、关于梦想、关于爱情、关于执着、关于那些无以言喻的美好与感伤，你总能找到你所喜爱的。爱阅读，就要读好书，我们是属于您的笑容与泪水，我们是您正在经历的已经走过的即将进入的青春见证者——艾悦坊。

《七只象》——给所有在爱的人

十年后的一次长途行走，逐渐揭开十年前的残酷往事，以及十年内所有的悲欢离合。

不同的男女之间，不同的感情波折，不同的世事无常，却有着相同的无奈与绝望。

七只象，是叶清晨的母亲留下的一把古筝底部的图案，是青海湖畔一段美丽的传说。

七只象，在这里代表了七个人，他们行走在这个世间，用真爱和泪水浇灌逐渐枯萎的都市灵魂。在这里也代表七种爱，包含我所认知的人生百态。

七只象，是爱的标尺，更是这世间的旁观者。

有些人相遇得太早，有些人相遇得太晚，而，有些人一辈子都不该相遇。

作者：苏善生

《倾世皇妃——一寸情思千万缕》

艾悦坊年度巨献，
请别为我哭泣，
畅销不需要眼泪！

北方有佳人，绝世而独立。一顾倾人城，再顾倾人国。宁不知倾城与倾国？佳人难再得！

一个倾国倾城的女子，一场逾越生死之恋，一段痛彻心扉的故事，一部关于爱与痛的传奇。

作者：慕容湮儿

《倾世皇妃——人生若只如初见》

人生若只如初见，
何事秋风悲画扇？
等闲变却故人心，
却道故人心易变。

2008年4月，《倾世皇妃》登陆新浪，三个月内便取得站内千万点击、互联网总超越一亿点击的浏览量，并在上架当月便登上新浪VIP销售冠军宝座，女性古典小说中难有作品与之媲美。而以作者18岁的年纪写出如此杰作，更是惊为天人！

作者：慕容湮儿

《槑女囧事》

作者：闻婕

《槑女囧事》，一部讲述小人物的草根生活与爆笑的小说。如今，囧字当道，流行的网络语言；宅男腐女必备极品读物。人生囧囧更健康。

这是一个小人物的大时代，虽然我们都是那些平凡的大多数，哪怕掉进了天鹅湖也等不到王子来跳舞。天使说，90%的女孩都会吃爱情的苦，只剩10%能得到幸福，能永恒的只有0.005。

《长恨歌——梦断凤凰阙》

作者：端木摇

江山多妩媚，战歌嘹亮
琉璃凤凰阙，痴恨梦断
本曲二十阙，阙阙扣心弦

一段催人泪下的禁忌之恋，一场悱恻入骨的深情守护。读完请闭眼，你就知道什么叫美好。非矛盾文学奖获奖作品，可以听到音乐的古典架空。一部有关爱恨欲孽的宫廷秘史。

《只坏一点点——爱情何处过夜》

作者：刘小备

首部青春疗痛小说
都市女孩心灵创可贴
雷人的爱情要挺住
再囧的生活得折腾

忙乱于生活？执迷于欲望？混沌于情感？困惑于梦想？窘迫于现实？

我们都曾为爱而伤！

和我们一起，勇闯青春的"艾悦坊"吧！

一个以分享为宗旨的青春原创品牌。以青春的笔调来诠释我们的爱情、疼痛、欲念、喜悦，以全新的模式来记录与我们的青春有关的童话。

在这里，在我们"艾悦坊"的书库里，你还有我都可以或多或少地找到那属于我们的青春，觅到那属于我们的影子，更能找到甜蜜、幸福和爱。

我们的青春，我们来做主。"艾悦坊"在此正式向您发出邀请，赶紧把您的美文、美照投递过来吧，让我们一起成长，让我们一起快乐地成长！

◎征稿类型：

1. 成长故事
2. 情感故事
3. 悬疑小说
4. 古典言情

◎投稿要求：

1. 文章可以是长篇或者短篇小说集，故事情节起伏跌宕，注重内在的冲突和张力。
2. 人物性格鲜明，内容积极健康，精神积极向上，能够展现您丰富的想象力，具有趣味性和故事性。
3. 字数10万字以上，能够单独成册。

◎稿件授权声明：

凡向"艾悦坊"投稿获得出版的稿件，均视为稿件作者自愿同意下述"稿件授权声明"之全部内容：

1.您向我们投递稿件时，请您一定保证拥有该作品的完全著作权（版权），该作品没有侵犯他人权益。

2.您的稿件"艾悦坊"书系一旦采用，我们便拥有权利以任何形式（包括但不限于纸媒体、网络、光盘等介质转载、张贴、结集、出版）使用该作品，著作权法另有规定的除外。

3.所有给"艾悦坊"的文字类和图片类稿件作者均不得一稿多投，若自投递出后两星期内没有收到明确答复，您也可另行处理。

◎温馨提示：

请注明笔名、真实姓名、性别、年龄、联系地址、邮政编码、电话、E-mail、QQ、MSN、投稿类别、投稿文章题目。

◎投递方式：

1、邮寄方式:北京市西城区复兴门外大街8号楼918室　邮编:100045

2、电子方式:艾悦坊信箱:aiyuefang99@163.com

艾悦坊QQ群:35583499

艾悦坊博客:http://blog.sina.com.cn/aiyuefang99

图书在版编目（CIP）数据

鲈鱼/苏善生著. —重庆：重庆出版社，2009.6
ISBN 978-7-229-00553-5

I. 鲈… II. 苏… III. 长篇小说—中国—当代 IV.I247.5

中国版本图书馆 CIP 数据核字(2009)第 043203 号

鲈鱼
LU YU

苏善生　著

出 版 人：罗小卫
责任编辑：何　晶
特约编辑：李　含
责任校对：杨　媚
装帧设计：Apple

重庆出版集团
重庆出版社　出版

重庆长江二路 205 号 邮政编码：400016　http://www.cqph.com
重庆出版集团艺术设计有限公司制版
北京业和印务有限公司发行
重庆出版集团图书发行有限公司发行
E-MALL:fxchu@cqph.com　邮购电话：023-68809452
全国新华书店经销

开本：890mm×1204mm　1/32　印张：8.25　字数：145 千
2009 年 6 月第 1 版　2009 年 6 月第 1 次印刷
ISBN 978-7-229-00553-5
定价：22.00 元

如有印装问题，请向本集团图书发行有限公司调换：023-68706683

版权所有　侵权必究